U0463149

那个故事说，他在死前或死后曾经面对上帝说道：我徒然地做过了许多人，现在只想成为一个人，就是我自己。上帝的声音从旋风中回答他说：我也不是我自己。我的莎士比亚啊，像你梦见过自己的作品一样，我也梦见过世界，既是许多人又谁都不是的你；就在我的梦影之中。

————博尔赫斯：《什么都是和什么都不是》

熊小词

著

原来的你

RAINY MOUNTAIN

南京大学出版社

1

天上的河流又泛滥了，顺着无形的网纱落成人间的大雨。枝叶摇摆不定，雨水在夜色里偷吻着脉纹。林间最后几个人影早已经被电闪雷鸣驱散。余下那些常年游走在黑暗里的生灵，继续躲在罅隙中窥探。

"队长，人在这！"一个年轻的声音大叫道。手电光照见的是一张苍白的面孔。一位身着碎花裙的女孩，浑身湿透，坐在地上，惊恐的眼睛里不知道是雨水还是泪水，似乎想看清什么，却又那么茫然。

远处的几道白光向这边聚拢，如同一群发现猎物的幽灵。领头者是个高鼻梁警察，他撑着伞走过来，拍了拍找到目标的警员肩膀，对坐在地上的女生说："是你报的案？"

"是……"碎花裙女孩机械地转过头，手指向了身右不远处。

白光蜂拥而去。女孩重新坠入黑暗，好似脱离了舞台。

另一个焦点登场。地上平躺着一个着深色女装的年轻人，双目紧闭，头歪向一边，左手搭在腹部。

高鼻梁警察俯身探了探鼻息，女子一动不动。

"我来的时候,她就已经……"碎花裙女孩哽咽起来。

"你叫什么名字?"

"我叫陈艾玲,是西海大学的学生。"

"你们认识?"

"嗯,她是我的同学刘梨。"

"什么时候发现的?"

"大概半小时前……"女孩支支吾吾。

根据现场勘查,尸僵与尸斑未出现,瞳孔放大但角膜尚不浑浊。死者脑后有一块没彻底结上的血痂。可能是头部遭到钝器重击,但并未发现相关的凶器。初步推测死亡时间在一个半小时之内,具体情况还需等待解剖结果。除了内袜沾染少量泥土,死者身上没有明显打斗痕迹。

警察很快封锁了现场,此时警戒线外已经围满了人,你一言我一语。其中一位男子对边上的人说:"我刚才路过这里,我看到凶手了!"

"谁啊?"周围涌过来一群问号。

"就是那个女的!"男子指向地上的碎花裙女孩。

同时,高鼻梁警察正好走回到碎花裙女孩面前:"陈艾玲,先跟我们回局里做个笔录吧。"

女孩没有吱声,费力地站起身,又险些跌倒。而就在她一步步走向警车,快要出小树林的时候,被一个冲过来的女人使劲撞倒了。那人有着酒红色的卷发,手里拿着相机:"不好意思……"说话间匆匆跑进了林子,像是野兽闻到了鲜味。

　　女孩又一次跌坐在地,左腕擦破了皮,手串上的佛珠也挣脱了红绳,散落一地。在黑暗中,她只匆匆地捡回了几个,放进口袋,便在警察"回来再找吧"的催促声中上了警车。

2

三个月后,梅雨坐在侦探事务所里,安静地喝着咖啡。来这里本是想找一位侦探帮忙破案,没想到对方如同人间蒸发,等了一下午还没出现。

抬眼望向窗外,夜幕尚未降临。云朵如麦子般被风吹起,为黄昏的天空平添几分秋色。收回视线,放下咖啡,梅雨想起包中还有一封未读的信。从小学便开始收到这位先生的信,每月一封,多年以来几乎未曾间断。

小麻雀:

生与死的边界薄如蝉翼,听你在信中说决定查清案件让逝者瞑目,只想提醒一句注意安全。调查凶杀案,就意味着随时可能撞见真正的凶手。

如果遇到危险,可以来找我。钩深致远,往往需要其他人的顺水推舟。知你哀思如潮,不想安于一隅,但破案绝非易事。

仍记得你说过桌上摆着她送的满天星,不知此刻是否枯萎。但凡生命,都有终结的时日,陈艾玲既已离世,请节哀。真是应了那句世事无常、人言可畏，谁能料到在刘梨死去之后竟又徒增人命。

第 83 份祝福

Mr. Blue

10 月 17 日

悲剧从不会孤单出席，它与世间万物环环相扣。谁又能预见，那个在森林雨夜中细声回答警察问题的陈姓姑娘，竟也如旧年的花朵般匆匆离开了人间。生时如影随形的种种污蔑并未因此停止，只是她再也听不到了。

读完信笺，心情久久难平。梅雨将头发别至耳后，坐在窗边认真地写着回信。

Mr. Blue：

谢谢您的种种关怀，会注意安全的。尽管陈艾玲已被千夫所指，我仍相信她不曾杀人。除了三年室友的情分，还因为做过一个离奇的梦。

两个多月前，我梦到了一个站在溪旁的小女孩，她背对着我，手舞足蹈地采摘着各种花朵。时间过得很慢，直到苍穹传来一声巨响。从这一刻起，万物如聆神音，骤然变幻。天空下起雨来,溪水奇迹般逆流而上。女孩转过身,手中拿着一朵没来得及放进篮子的花。她笑得很甜美,眼睛柔柔地看着我,用稚嫩的童音大声喊道:"我要送你一个春天!"

之后,我便经常做这个梦,不知缘由。某日,我在翻阅微信朋友圈时看到了陈艾玲的童年照,竟与梦中的女孩一模一样!我想她真的是含冤而死,才给我托梦了吧。月晕而风,础润而雨,世间万物皆有其征兆,或大或小。

我开始深究陈艾玲的过往,更加觉得这分明是个很善良的女生,就算让她手握万千利刃,也绝不会伤害半点生命……

暮色如期而至,梅雨撂下笔,将信件放入包中,再次喝起凉透的咖啡。

另一边,一个大腹便便的男人提着公文包慢悠悠地走来,又在到达会谈室门口时装模作样地加快了脚步。他今天去见了个大客户,无暇顾及与梅雨的约定,迟到许久理所当然。

"不好意思啊,久等了。"男人一脸歉意地坐到了梅雨对面,边说边打量着这个女孩,高马尾浅蓝连衣裙,看着就像个学生,没见过社会的尔虞我诈。

"事务所的咖啡很好喝，"梅雨也不恼，把杯子放到桌上，干脆地说，"王侦探，我今天是为了刘梨的案子而来。"她确实只是个没钱的大学生，不然怎么会找这位便宜侦探。不过，在对方迟到一下午之后，她打算自己查案了，唯一的念想便是风景还不错，再欣赏一会儿也未尝不可。

"你在电话里说过这个案件，可我太忙了，实在有点记不清了，能再讲一遍吗？"王侦探吊儿郎当地说着，同时拿起了手机。

"当然。"梅雨将视线转向落地窗，稍一抬头便能望见大朵的云。

"七月十七日晚上，刘梨死在了西海大学的小树林。报案人是陈艾玲，也是警方的重点怀疑对象。从死者指缝提取的纤维物质，与陈艾玲的裙子材料极其相似。此外，好几位学生作证说她们曾在案发前一天有过激烈争吵。虽然刘梨发给陈艾玲的约见短信是在死去之后，但无法排除后者自导自演的可能。

"小树林东南处的高栏因特殊原因拆毁了一部分，又紧挨着女生宿舍，所以很多女生会从这个相当于后门的地方进来而不走正门。案发时下过大雨，之前的脚印被冲刷掉了。后门到东南角的路程中，只有陈艾玲和刘梨的脚印是清晰的，她们应该都是雨后进入的。

"调查并不顺利,小树林里没装监控,凶器也没找到。陈艾玲有非常大的嫌疑,但警方没有直接证据。"

"还在听吗?"梅雨停止了叙述,因为王侦探明显魂不守舍,一直在回复微信。

"……嗯。"他放下手机,脑海却仍沉浸在大客户发来的愿意多给些报酬的消息中,"然后呢?"

"在此期间有记者捕风捉影,将事情杜撰成了富人欺负穷人的狗血故事。刘梨的哥哥煽动了一群充满"正义感"的人组团报复,甚至跑到陈艾玲的老家,将她奶奶的房子涂得乱七八糟……

"您知道,没几天陈艾玲就死在了家里,据说是心脏病突发。警方在舆论压力下将这桩案子匆忙了结,等于罪名还是不明不白地扣在了她头上。我想做的不过是还她清白。"

"帮这个女生找证据可不是件容易的事,"王侦探漫不经心地扣着手,"况且你怎么知道一定不是她杀的?"

"我们是一个寝室的,陈艾玲的为人大家有目共睹。案发当日的上午,她发语音说跟刘梨和好了,那份开心是真是假我还是能分辨的。更何况,根本就没有直接证据。"

"但她仍有很大嫌疑。"王侦探打了个长长的哈欠,又耸了耸肩，"这案子比预估的困难，我最近手头也比较紧，上次说的费用是不是得加五千?"

"王侦探，我想您可能弄错了一件事。"刚刚乖巧的女孩忽然低下了头，再抬头时，带着笑容，"选择权，在我这里。"

"什么?"

"我不觉得一个迟到一下午、魂不守舍、临时加价的人能聪明到哪去，比起与您合作，我还是自己寻找真相吧。"梅雨拿起事先准备好的资料，利落地穿上了外套，"谢谢您陪我聊了半天。"说罢走向了大门。

王侦探气得脸都青了，刚要指着她骂几句，就见女孩忽然转身，蓝色的长裙在空中旋出美丽的弧度："差点忘了说，这里风景不错。"

"你这种异想天开的人我见多了，没有我还他妈想破案，做梦去吧!"

"那就试试。"女孩轻轻一笑，扬长而去。

3

离开事务所后,梅雨坐上了前往西海大学的公交车。她是心理学系的学生,今年大三。近日与室友周杏白拜访了好几位私家侦探,却屡次被高昂的报价置之门外。

想起刚刚的经历,梅雨拿出一个厚本,在"王侦探"三个字上打了个大红叉。这是她专门用来记录查案进展的本子,外表是草莓形状,可爱得很具有迷惑色彩。

看着草莓本上布满的红叉,独自破案的决心又坚定了些。

在朦胧的烟雾中,能隐约看到真相的身影,缠绕着花开与凋零。刘梨性情直爽,得罪的人不少,但梅雨绝不相信凶手会是陈艾玲。

她知道在这平静的江面下是危险的深度,却只能义无反顾。不止为一份信得过的真相,更为了寻找一样丢失的东西。某种意义上来说,那是与她唇齿相依的另一半灵魂。

是的,梅雨有一个不能说的秘密。

对外的解释是,她在寻找一份排山倒海的思念。

"玉华街站到了,下车的乘客请注意安全。"机械式的女声响起,半车人匆匆离开。窗外人山人海,梅雨不为所动。于她而言,独自思考才是真的活着。一个人若是用赤子之心看世界,万物都如此寂寞又值得敬畏。

一阵冷风袭来,前排的老爷爷将外衣裹紧了些。梅雨身旁坐着个熟睡的小男孩,黑眼圈浓重,背着书包像是刚放学。怕小男孩在睡觉时吹风感冒,她将车窗关上了。

手机震动,来电显示是周杏白。接通电话,梅雨尽量放低声音:"喂,杏子?"

"怎么样小雨,谈成了吗?"

"还是没有,我打算自己破案了。"

"也可以啊,"周杏白踩着宿舍的体重秤,"熬夜学习竟然都能长胖。"

"没事,我弟弟还经常说我像妃子……"

"那不挺好的吗?"

"杨贵妃。"

"哈哈,你弟求生欲掉线了。"

"对了,雨城有什么许愿的好地方吗?"

"吱——"公交车突然急刹车,梅雨连忙用脚支撑住自己不往前倒。此时,一个行李箱正快速地向前滑去,坐在后排的妇女错愕大喊:"哎哟,我的行李!"

听到声响,梅雨眼疾手快地将行李箱扶住,对踉跄追来的妇女一笑："这里正好有个地方适合卡着箱子,您要是放心的话可以把箱子搁这,我帮您看着,以免一会儿又滑走了。"

"姑娘比我有劲,"妇女半赞叹半不好意思地说,"那就麻烦你了。"与此同时,手机里传来了周杏白关切的声音:"发生什么事了?"

"急刹车而已。"

"哦,我刚刚想到,在西苑路与南安街交界处有座桃源寺,据说是唐朝建的。玲玲生前经常提起两处格外神秘的地方——咱们这儿的桃源寺以及浔城的落雨山。"

"我会去的,说不定真能遇到个世外桃源。"没聊多久,二人达成共识。结束通话,梅雨翻弄起手机来,那个浮夸的珍珠外壳让她有些生厌。

在西海大学站下车后,漫步街头。这里离学校还有一段距离,紧挨着她做兼职的地方。梅雨是在舅舅家长大的,上大学后每月的生活费来自给高中生当家教。最近想多做一份兼职,因为破案可能会用到钱。她从小喜欢唱歌,连声乐笔记都记了厚厚一本,如果条件允许,兼职教声乐也不错。

谈起舅舅,不禁想到余小阳,他是舅舅的儿子,梅雨的表弟。自从进了高中就变得非常叛逆,上大学才懂事了些。尽管仍有些改不掉的混混儿气质,余小阳对梅雨还是很好的,经常寄来草莓。

思绪飘飞甫定，忽觉四下无人，安静异常。巷子里空荡荡的，两侧卖冰棍的小贩也提前收了摊，路面凹凸不平，带着浓烈的岁月痕迹。

独自走在深巷中，身后传来了脚步声的回音。不，那似乎不是回音，而是另一个人！梅雨迅速瞥了一眼墙边摩托车的反光镜，并没发现什么。

事实上，这已经不是第一次了。自从调查起刘梨的案件，就时常能听到背后传来莫名其妙的声音。一个人走路时更觉得那样的脚步声很空灵，如同走失在人间的鬼魅。梅雨很聪明，而这份聪明大多体现于超乎常人的敏感，她不知道自己是不是有点太过警惕了，导致出现了幻觉。

可如果是幻觉，有件事没法解释。她与周杏白住在女生宿舍一楼，某个熬夜的凌晨一起看见了窗外站着的恐怖黑影。从那以后，再也没敢在晚上拉开窗帘，毕竟两个人同时出现幻觉的可能性几乎为零。或许，真的有这样一个人，躲在暗处窥探。

某个梦里，门外是一条阴森楼梯，楼梯上站着一个手握带血的刀的男人。他越走越近，而宿舍的门始终比门框窄了一点，如何使劲关都合不拢。梦中的时间轴好似卡在了这一瞬，只能一次次地注视着来人逼近。格外真实的恐惧与无力感让她的心再次悬了起来，总觉得会在现实中重演。

此时，随着梅雨的快走，身后的脚步声也变快了，于是她小跑起来，甚至开始在巷子里狂奔。蓝长裙飞舞着，电线杆上拴着的几只狗也感觉到了不对劲，接连大叫起来。不过自从她出了巷子，那些狗便不再叫了，梅雨也因此暗松了一口气，确认那个人没有跟来。

到附近的咖啡厅买了杯苦咖啡，坐在一家福利院外的长椅上稍作休息，想起包里还有弟弟送的一盒草莓。近些日子，她似乎不那么爱吃草莓了，反而偏爱起苦涩的东西，收下这盒草莓是因为怕辜负了弟弟的心意一时没好意思拒绝。

"阿姨！阿姨！"回头看去，一个七八岁的小女孩正隔着铁栅栏叫她。

"能不能带走我呀，我很会做家务活的，保证听话！"

"抱歉，姐姐不是来领养孩子的。"

"哦，谢谢姐姐。"小女孩有些失望，也没再喊梅雨"阿姨"，仿佛做了错事请求原谅。

"吃草莓吗？"

看着她惊喜却担忧的目光，梅雨轻轻皱眉。很多人说世界是公平的，这些孩子没有父母但可以拥有独特的童年。可是什么叫独特呢，用心惊胆战替代幸福快乐的"独特"吗？说他们会在别的方面得到补偿，也太牵强了。

给小女孩分完草莓后，回到学校。秋天的林荫路穿着金裙子，两排巨大的枫树支撑起了一片童话世界。阳光斜斜照来，在地上映出树影。踩着影子，人与树仿佛融为一体。

走到教学楼附近，遇见了刘清烟。看到她，梅雨就一阵头疼。西海大学跟许多学校一样，习惯把四个同系的人分到一个宿舍，刘清烟就是梅雨的最后一位室友。不过这女孩总是看她不顺眼，最后甚至因为吵得不可开交搬出去住了。

而现在，刘清烟正在跟旁边的男生聊天。如果没猜错，那个男生就是孙东。

孙东喜欢刘清烟很久了，寝室里的哥们都知道。有一天，睡在上铺的张赫突然说要帮他追心仪女孩。

在孙东感激的目光下，张赫传授了第一个泡妞秘籍，讲完还信誓旦旦地说女孩子都吃这一套。孙东听得频频点头，转天中午就来到了刘清烟常去的食堂，大喊："刘清烟，你过来！"

"什么事？"女孩疑惑。

孙东"咕咚"一口气将手里的啤酒喝完，抹掉嘴角的酒渍，沉声说："老子喜欢你！"

这是一次完全不计后果的自杀式求爱，可他胜券在握。孙东说完后自己倒先脸红了。他一向老实本分，今天的做法是张赫教的,据说只要这样既霸气又温柔地突如其来,女生肯定心动。

白马王子从天而降固然会给女生惊喜,可惜孙东只是个头朝下摔在了地上的莽汉,还吓着了眼前的女孩。

"有病!"回桌取了手机,刘清烟直接离开了食堂。

孙东震惊了,他放下酒瓶,挫败感十足地回到了寝室:"兄弟,你这是坑我啊,人家扭头就走了……"

张赫故作神秘地笑道:"别慌,一切尽在掌握。这第一步啊,只是测试。你当着这么多人的面对刘清烟大喊,而她只是害羞地转身离开了,说明她也很可能喜欢你啊!"

孙东恍然大悟,愧疚地拍了拍张赫的肩膀:"唉,有道理。接下来该怎么做?"

"你附耳过来……"张赫又生一计。

几天后,孙东再次拦截了刘清烟。这次他换上了西装,看起来十分严肃。

"您好,那天纯属意外,喝醉了说话没经过大脑。实在抱歉,失礼了。"男人笑得绅士。

刘清烟摆摆手:"没关系,我不介……"

"老子就是喜欢你!"孙东突然一声大吼,气势磅礴。

传说中的先礼后兵?刘清烟彻底呆住了。

孙东吼完，又恢复了本性，腼腆地笑了笑。

刘清烟咬了咬牙，终于忍不住道："这位老子同学，请你把《道德经》看完再出门！"然后头也不回地走了。

孙东不知道为什么被损，又去问张赫。

张赫点赞道："如我所料！你马上就能追到她啦！"接着又献上一计。

于是今天，孙东穿着一身更精致的西装闪亮登场了。他笔直地站在刘清烟面前，再次大喊了一声"老子真的喜欢你！"

接二连三的鲁莽让刘清烟哭笑不得，正想再次回绝，却发现孙东低下头打算强吻她，想推走对方但力气不够，眼看这人就要得逞——梅雨跑上前一把将孙东推开："干什么呢？！"

孙东恼羞成怒地瞪向她："你这女的怎么这么大劲！我要表白关你什么事？"

清了清嗓子，刘清烟温柔地说："这位见义勇为的女孩，麻烦你别动手打他。"

孙东惊喜道："你果然对我……"却不料被刘清烟扇了一巴掌。

孙东捂着脸不敢相信，"你竟然打我？"

"打的就是你！"刘清烟气愤地瞪着他，"老娘就是要打你。"

孙东几近崩溃地回到了宿舍楼，推开寝室大门，变得怒不可遏。

"她这回怎么反应的?"张赫佯装淡定。

哪怕孙东是个老实人,这时也明白了对方在要自己。他冷哼一声,走到张赫身旁,一巴掌使劲扇了过去:"就是这么反应的!"

张赫被打蒙了,但很快回过神来,尴尬地一笑:"哈哈哈,你看你都会打我了! 恭喜你啊,兄弟,今天终于成年啦!"

张赫十分欣慰,看得孙东一头雾水。

"实不相瞒,我是故意这样的,因为你从不打人,根本不像个男生啊! 所以我决定帮你一把,使用激将法,让你能够真正成年!"

"哦。"孙东的表情有些狐疑。

"来! 兄弟几个,一起出去庆祝下啊!"张赫一边跟旁边的人勾肩搭背,一边拍了拍孙东的肩膀,语气诚恳,"快去拿酒啊,走走走,咱寝室的兄弟们今晚一起去校外庆祝你真正成年! 我请客……"

孙东愣愣地点了点头。

一群人开心地从后门溜出了宿舍,向校外跑去。

他们玩到很晚,喝得烂醉如泥。孙东看着张赫为自己举办这么隆重的庆祝仪式,不得不感叹:有兄弟真是好啊!

4

时光飞逝,眨眼便到了去桃源寺的日子。这天下着蒙蒙细雨,街上的人们纷纷打起了伞,从天上向下看去,犹如精湛美丽的画卷。行人步履匆匆,不时扬起细碎的水花,有人兀自踏进水洼却毫无反应地向前奔去,如同失了魂。

梅雨穿了一条素红色古裙,撑着一把红伞在巷子里缓缓前行。这里的建筑真是精巧又含蓄,没有北方那般粗犷,但在小家的婉约里回荡着大家的胸襟。黄雀轻叫,屋檐落雨。檐角向上翘起,仿佛女孩笑着的朱唇。

江南的雨总是淡泊的,柔柔地落在沟渠,又不忘给清秀的山水一个眷恋的眼色。看着水墨似的远山,心也晕染出淡淡的寂寥。不知不觉中,桃源寺已近在眼前。提起裙摆,跨过门槛,庙里没什么人。雨水被风从檐边斜斜吹落,在白墙上留下了浅浅的泪痕。

登上层层台阶,踏过块块青色的地砖,来到了正殿。取出布袋中早已准备好的几根香,插到一个暗色的炉子里。由于已经受潮,点了好几次才把香燃起。这是梅雨第一次这般煞有介事地来到寺庙。仿佛受了某种力量的驱使,她两膝跪地,双手合十，闭上眼睛，轻唤着心中的神明。

祈祷完毕，重新撑起红伞，沿着墙角朝寺庙的西北方走去。周杏白说，桃源寺最北边的舍利塔丛外有一面高墙，高墙旁边有一间小屋，那里有个无人值守的签筒，可以卜测凶吉。

一路走着，雨渐渐停了。站在签筒前，梅雨紧张起来，一遍遍乞求慈悲的佛祖，帮她找回逝去的东西。

轻轻摇动签筒，由于害怕期望落空，梅雨并不敢用力，以至于过了好一会儿才有签条从筒身里跳出来。拾起掉落的签条，上面刻着一首诗：

后事兹于心，前尘心上非

涅槃化生死，爱恨有轮回

"这是什么意思……"梅雨自言自语转过身，发现庭院里多了一个人。那是个看起来跟她年龄相仿的男生，此时正站在树下盯着一只爬墙的橘猫。他的左手提着一壶水，应该是这里的工作人员吧。

"你好，能帮我讲解一下这个签吗？"梅雨走向他。

两人站在院子里简单地聊了聊。男生叫顾澈，是附近琴行的钢琴师，偶尔来这里当义工。说话间，他又追起了猫：

"喂,布丁!"

"喵呜——"小橘猫应了一声,头也不回地爬上更高处的屋顶,一动不动地落座在一角飞檐上。严肃的小表情好像在说,只要我不笑,就没人发现我是只胖橘。

"布丁,下来!"

过了一会儿,小橘猫终于厌倦了屋顶上的风景,借着几段矮墙跳了下来,"喵——"

"你是只假橘猫吧?"顾澈抚摸着布丁,修长又骨节分明的手仿佛生来就属于钢琴。

"不都说橘猫胖乎乎的不爱动嘛,它怎么还会爬墙?"

"这哥们儿可活泼了,前些天还在我的琴上跳爵士舞。"

"哈哈,厉害。"梅雨捡起一根小树枝在地上指来指去,布丁便立即接受了召唤,快速地来回抓树枝。定睛扑了几次后终于成功了,紧紧抱住战利品圆滚滚地翻了个身。

"鉴定完毕,是只假橘。"梅雨蹲在地上摸着布丁的小肚子,觉得它一定是被照顾得很好,才没有平常小猫的胆怯和警惕,"我可以经常来看它吗?"

"我在西海大学读研,每周末在隔壁街的琴行打工,你可以周末到那里找我,我带你去看猫。"顾澈边说边将布丁拎了起来。

"咦,我们是一个学校的! 你读的哪个专业?"

"人工智能。"

与顾澈告别后不久，梅雨就被系里的繁多任务淹没了。躺在床上，将书本扣在脸颊，纸笔摩擦的声音不绝于耳——周杏白正在戴着圆眼镜写实习报告。她很要强，是从高考大省的小乡村考到这所重点大学的，入学成绩比多数人都高了不少。理性又自律，非常清楚自己要什么。她可以为陈艾玲做很多事，但绝不会成为最冲锋陷阵的那一个。

而梅雨更重情义，任何一件小事都能在心中翻起波澜。这样的浪漫与随性，使她更在意生活的情趣，但也因此少了些条理。两种风格便早早注定了二人截然不同的命运。

写完报告，周杏白看了眼时间："下午郝教授会来雨城授课，他的心理课讲得可棒了，我报了两个名额，要不要一起去？"

于是二人离开学校，走在马路上惬意地聊着天，而就在这时，梅雨又听到了身后……

"小雨，你觉不觉得有人跟着？"

"你也这么认为？"面不改色的同时心里一紧，这次的声音相对较小，梅雨本以为是听错了。

到底会是谁，为什么成天像鬼一样跟随？大多出现于她准备寻案的时候，说不定跟案件有什么不可告人的关系。但这合理吗？她只是一个大学生又不是专业调查人员，对方至于心虚害怕到跟踪示警吗？如果是谋财那她身无分文，如果是害命为什么不早点动手，又或者说……

梅雨瞪大眼睛，突然明白过来，也许对方只是没等到合适的机会！有次进地铁站时也听到了跟踪声，而就在她安检完不久，身后传来了安检员要没收某人刀具的声音，那个人恐怕就是……但当时的她担心对方知道身份暴露后恼羞成怒，没有回头。有点后悔，如果再遇到类似的情况，一定要躲在暗处看一眼。

此刻，她想观察下十字路口的反光镜，却被周杏白猛然拽住了胳膊："趁着这里人多，快跑！"

匆忙间，梅雨还是通过反光镜瞥见了些许玄机，那个尾随她们的人似乎是女性。

一路狂奔，终于抵达了讲座地方，直到郝教授在掌声中登场，紧张感才稍有缓解。进入讲堂需要出示预约证明，尾随者进不来。梅雨稍感安心，同时打量起台上的郝教授。郝教授的发型是典型的地中海，只是气候反常，夏季炎热多雨，冬季寒冷干燥。这个奇怪的想法让梅雨心里明显轻松了一些。

郝教授今天的心理课主讲微表情。

"我们往往认为说谎的人眼神会闪躲，其实不绝对，有些人会更主动地看向你，因为需要确认你是否相信。眼球向左下方看才最可能是说真话，那代表真的在回忆。

"如果一个人感到恐惧，他的血液会情不自禁地由手臂流向腿部，从生理上为逃跑做出准备。所以当你们给别人讲鬼故事时，要是发现他们的手凉，就代表讲成功了。"

梅雨扭头看向周杏白，发现她正在记笔记，小字密密麻麻，上一章是关于跳楼的案例总结。感叹之余，突发奇想道："学霸，你会怎么阻止别人自杀？"

"老师讲过五步骤。共情对方遭遇，表达尊重意愿，找到核心问题，激励对方能力，价值再重建。"周杏白仍在记笔记，她是个完美主义者，不放过任何更完美的机会。

"错一点都不行吗？"

"当然了，这可是科学推断出的最佳法则……"

周杏白没有继续回答，因为郝教授要讲重点了。而梅雨有些听不进去台上的发言了。尽管共性甚多，她始终觉得人与人所需要的应对机制差别甚远。每一朵浪花的背后，都有无尽复杂的推力与波痕。

梅雨并非讨厌心理学，只是反感过于依赖科学实验的数据统计分析。如果你的每一句话，都能变成他人赖以分析的证词，这很恐怖。人性中的美，会被公式解剖得支离破碎。

当人心可以被测量，灵魂就不复存在了。

5

逝者如斯,十一月随着兰花的香味而来。宿舍里,梅雨仍在思考案件。打开电脑,拿出草莓厚本,开始按照网上发布的信息整理资料——

死者:刘梨

死亡原因:锤击后脑

死亡时间:7月17日19点左右

同时,周杏白正在跟刘清烟打电话,二人相谈甚欢,甚至约好了下次出去玩的时间。快挂电话时,话题猝不及防地转到了梅雨身上。

"哦,小雨最近在查玲玲的案子。"

"她有什么好查的?!"

没开扬声器,梅雨都能听见刘清烟的声音从电话那头传来,"她跟玲玲什么时候关系这么好了?周家村那次都闹成什么样了……"

"那些事都已经过去了。"梅雨给了周杏白一个放心的眼神,接过手机,"现在重要的不是谁去查,而是真相必须水落石出。清烟,我们的目的是一样的,还她清白。"

"你根本就不是这样的!别学玲玲的语气跟我说话!"说着便挂断了电话。

梅雨愣了一下,眉间微皱,将手机还给了周杏白。

"杏子,我很惹人嫌吗?"

"怎么会,你也知道刘清烟喜欢说气话,别跟她计较就是了。"周杏白笑得半真半假,梅雨不知是否该相信。转过身继续记录案情,却突然有点羡慕刘清烟那般敢爱敢恨的性格了。

天气:大雨

报案人:陈艾玲

握着笔的手在即将写"证人"时一顿:"网上都说证人是张赫,记得你也说过,但我才反应过来,他……"

"没错,就是怂恿孙东跟刘清烟告白的那个。"周杏白进入了今日学习的中场休息,摘下眼镜,捧起一杯热牛奶。

"杏子,你有张赫的电话吗,我打算约他聊下玲玲的事。"

"其实刘清烟因为孙东找过张赫,打游戏给他打服了,知道张赫就是证人后更是气得上门对峙,录了下来。"周杏白喝了口牛奶,打开电脑,找到了拷贝进去的录音笔音频,直接播放重点部分——

　　"你是想让我复述一遍当时看到的场景吗?"张赫问。

　　"对,越详细越好。"刘清烟毫不客气。

　　"那天晚上,我在小树林跟一个女生约会,怎料后来突然下雨了,我们都没带伞便一起往外跑。在出小树林的路上,看到了远处的两个人影:较为明显的是个背对我坐着的长发女孩,她的面前躺着另一个人。雨越下越大,但他们好像都没有躲雨的意思。"

　　"不觉得奇怪吗?"

　　"呃,也许你不信,我当时以为他们是一男一女在偷情。"

　　"既然场景这么模糊,你怎么知道那个女生是玲玲?!"

　　"在警笛声响起后,我意识到出事了就赶回小树林,正好遇到了陈艾玲。我敢说她的发型、衣服、身材都跟那个在雨里坐着的人一模一样! 凭我多年以来的经验,绝对不可能认错!"

　　"身处现场不代表一定是杀人犯吧?"

"我好像听到她笑了！在尸体旁边笑的怎么可能不是凶手？"

"既然是'好像听到'就说明很可能是听错了。再讲讲她们的衣着吧。"

"那个躺着的人穿着黑色长裤，上身被坐着的人挡住了看不清楚，这也是为什么我会把她认成男生；陈艾玲好像是穿了条碎花裙，身旁放着个深蓝色的包。"

"斜挎包吗？"

"不，那是个双肩包，看起来还挺大的。"

6

"传说在遥远星球上的一个村庄里,长着一棵巨大无比的树,上面结满了神奇的果子。由于它们长得像星星,人们称其为星星果。果子非常苦,最初没人敢吃。直到有一位勇敢的小孩,仿佛受了什么启示试着吃了一个,几天后居然飞起来了……"

在陈艾玲很小的时候,奶奶总喜欢讲这个故事,还说那个会飞的少年是他们的祖先。许是因此,玲玲对大树深有好感,时常期盼能在某一天遇到自己的星星树。她将心愿告诉了奶奶,谈话间才得知不远处的湖边本是有棵星星树的,可惜后来被人类的炮火轰碎了一半。

玲玲不信邪,拿着小风筝跑去湖畔,而后便看见了一生最难忘的风景,即使那棵树像是蝴蝶剪掉了一边的翅膀,还是有种独特的病态之美。

十年后,又一场暮色穷途。恬美的事情总有终结的时日,也正因这份有限,才使其深含了怜惜与珍重的余味。当年轰掉半棵树就是轰掉半颗心,而现在人们竟决定彻底将树砍去,连半颗心都毁了。

深夜将至,暗紫色的天空透着灰蒙蒙的光亮。月亮残缺些许,仿佛一个斜扣着的小白碗。竹木镇里,玲玲悄悄掀开被子,拿出枕头下早已存好的红绳红纸,穿上鞋袜出了家门,来到含翠湖旁。

将带来的红纸绑上枝头,就像很多年前的善男信女们一样,许下自己的心愿。她相信天地有灵,树亦有灵。心不荒芜,就会开出花来。

"也许世上本无天堂,但你一定要好好的,"玲玲后退几步,双手合十,眼眸紧闭,"今夜,换我来为你祈福。愿你能够平安度过劫难。如果有一天,那些人终于悔恨痛悟,希望你能给予他们宽恕。"

深深鞠了一躬,过了许久才起身离去。她知道自己无能为力,明天不会再来。

随风飘荡的红纸上,写着一行瘦弱而娟秀的小字——

只盼落叶归根,迎来下一场万物复苏。

7

清晨，秋风吹过。梅雨从食堂出来，没走多久看到一位老教授在喂麻雀。小麻雀们叽喳地蹦跳，密密麻麻落了一地。唯有一只待在树上东张西望，不知是已然饱腹，还是曾经见证厄运，不相信人类的掌中之食。

当梅雨走到树下，那只小麻雀朝她看了一眼，随即扑腾着翅膀飞到了远处的屋顶上，转而又消失得无影无踪。

怅然若失。梅雨突然想起了布丁，自从上次离开桃源寺，她已经很久没有看到那个古灵精怪的小家伙了。今日难得有半日空闲又恰逢周末，她便去了顾澈说过的琴行。绕了好几圈后终于找到入口，曲径通幽。

刚踏进正门，耳畔就传来一阵悦耳的琴声。循声而去，不知不觉间走到了一个小院。这里风声飒飒，枫叶正红。院中的某个房间敞开了门，其间摆着一架黑色钢琴，琴前坐着一个男生，正静静地奏着神秘园的《夜曲》。

女孩闭上眼睛，却仿佛看见了整个世界的浩瀚。内心深处似乎在思念什么，可能只是幻觉，又或许她已蓦然化作了别人的影子。感动得即将哭泣，却不知眼泪从何而起。

每一键琴音都敲在灵魂深处，清脆得好似召唤了一条冰河，将心底的城池冲破，汹涌成悲伤的海啸山鸣。

那一刻，梅雨似乎爱上了这种浓烈的忧郁，甚至不想清醒。

直到琴声渐歇，她才睁开双眼，回到现实中来。真实生活给予梅雨的所有震撼，都比不过方才的阳春白雪。那是她听过的最美的演奏，并非单纯技术高超，而是一种直抵人心的欲哭无泪。

"顾澈。"

弹琴的手一顿，男生站起身对她打了个招呼："又见面了，上次忘了问你的名字。"他倚靠在钢琴上，像是个邻家小哥哥。

"我叫梅雨，江南六七月的那种。你弹琴真好听。"

"谢谢。"顾澈愣笑了一下，转过身，"走，我带你去看布丁。"

他推开了隔壁的房间，如同连接一处猫咪世界——诸多猫爬架，以及各式猫玩具。布丁正混在猫群中悠闲地唠嗑。

"都是附近的流浪猫，大部分是琴行老板养的。"顾澈蹲下，熟练地捞出了那一抹橘色。布丁被拎到了梅雨怀里。

"哎嘿，你还认识我吗？"

"喵呜——"小橘猫用肥脸蹭了蹭女孩，神情呆萌。

"哈哈哈几日不见，你怎么又胖了呀？"

"喵?"小橘猫郁闷了,猫爪一撑就跳了下去。

梅雨想了想,再次摸向布丁的头顶。刚一触碰它就舒服地眯起眼睛,完全忘记了刚刚被说胖的事情,还碰瓷似的突然往地上一倒,享受着爱抚。"咕噜咕噜——"

"这种声音是开心的意思吗?"

"对,它很喜欢你。"

"真好。"女孩笑意浓浓地加快了抚摸。

"想养猫吗?"

"嗯!不过我还在上大学,没有钱买猫。等以后工作了,一定要攒钱买只小可爱。"

"我的蓝猫生了一窝小猫,现在也有两个月大了。你要是想养,我可以送你一只。"顾澈指向不远处的一群袖珍猫咪。

"真的吗?太好了!"梅雨兴高采烈地走了过去,观察片刻后抱起了一只最合眼缘的,"我一定会好好对它的,把它宠成全世界最快乐的小公主。"

"其实它是公的。"顾澈笑着说。

"咦?"梅雨惊讶地看着手中的小猫,"眼睛这么漂亮,竟然是只小公猫。平时要给它吃哪种猫粮?"

"可以从我这捎走几袋。"

"哇!谢谢,猫生幸福!"梅雨的眼中仿佛掉进了星星。她今天穿了条浅蓝色背带裤，中间有个大口袋。思索片刻，将小蓝猫放了进去。

"哈哈，袋鼠？"

"算是吧。"梅雨抚摸着口袋里的猫咪，心中一片柔软。这是她第一次如此迫切地想要保护一个小生命。

西海大学并没有明令禁止学生在宿舍养猫，只要寝室其他人没意见，宿管处也是睁一只眼闭一只眼。另一方面，学校对时间的要求极为苛刻，晚上十一点后禁止学生出入宿舍，门禁非常严格。

周杏白也很喜欢猫，养猫的事并未掀起多大波澜，还倍增乐趣。小蓝猫适应能力很好，没几天就熟悉了宿舍的环境。这个品种名义上叫蓝猫，实际上是偏灰色的。有一天吃饭时，梅雨突发奇想，决定叫它豆包，和布丁有异曲同工之妙。

此时她正在教室里上课，风从窗外拂入，几张白纸飞了起来。这些白色的舞者分明干净无痕，又仿佛容纳了一切。

拾起掉落的纸，老师滔滔不绝的声音被彻底吹走了。心又沉了案子里。梅雨总是希望能速战速决，一方面因为太想早日替室友申冤，另一方面则是经常被人尾随带来的紧迫感。

那段与张赫对话的音频让她有了许多灵感。如果案发现场有个书包,凶手就更有可能运走沾满鲜血的锤子。

杀人后将凶器放入包中运走,让其凭空蒸发直到现在都没被找到……说不定凶手还有同谋,也许是别人帮忙运走了凶器。

可即使如此,凶手也不能让自己被悄无声息地运走啊,或者他根本没走?不,这不可能!警察到的时候封锁了小树林,案发现场只有陈艾玲。

只把凶器留在现场成立吗?最危险的地方就是最安全的,凶手很可能是把凶器藏到了案发地点附近,让谁都找不出来。比如说,埋在泥土里之类。假如真是这样,要想将它挖出来着实不易。

地下金属探测仪或许能行,可真正好用的探测仪对于梅雨来说价格不菲。偌大的树林,没有警方的帮助,想在不知多深的土中找到一把凶器,无疑是大海捞针。再说,警察很可能已经试过了。

这些不着边际的胡思乱想让梅雨自己都觉得搞笑。

等等,凶器,锤子,为什么凶器一定是锤子呢?如果凶器失踪,那警方最多也只能认定是钝器造成的致命伤吧。所有人都相信凶器是锤子,真的是单纯的人云亦云吗?

转过头刚想问下周杏白,就发现教室角落的一个女生飞快地用书挡住了脸。如果没有看错,对方刚上课就不时瞥向这里。

"怎么了?"周杏白见梅雨眼神不对,也回过了头,"哦,是她啊。"那个女生叫小美,独来独往到出了名,不仅非常自闭还有着严重的被害妄想。她的姓氏很不好读,大家都不愿意去了解,只知道名字叫小美。

"没事,我就是想问下,为什么所有人都觉得凶器是锤子?"

"好像是因为那里本来就有个锤子,案发后莫名消失了。"

"树旁为什么一直放着个锤子?"

"具体的我也不太清楚,不过昨天立冬了,学校安排了树工给小树林刷几天漆,你可以去问问,说不定能有线索。"

下课后,梅雨顾不得吃饭连忙跑去。女生宿舍与小树林间的高栏已被修好,不允许出入,想进去只能绕远路到正门。走进林子,果然有几位树工在刷白漆。

她问向一位快吃完盒饭的树工:"您好,请问您知道几个月前发生在这里的案件吗?"

"啥?"树工将盒饭与筷子撂到一旁,用手擦了一把额头的汗水,"不晓得,你可以问我们老大。"他边说边指向几米开外一个扎着黄头巾的男人。

梅雨走近黄头巾，对方已经开始工作了："实在不好意思，请问您是这里的工头吗？我想请教一个问题。"

"咋的了？"黄头巾看起来有四十多岁。

"您了解三四个月前小树林的案子吗？"

"啊，那个呀，我知道，我有个兄弟还差点因此丢了工作呢。"

"能详细讲讲吗？"

"你个小娃娃打听他干啥？"黄头巾狐疑地打量着眼前的姑娘。

"案件还有许多疑点，被控杀人的女孩是我的好朋友，我想帮她洗脱冤屈，"梅雨诚恳地说，"您的帮忙真的很重要。"

"好吧。小树林东南角的树都是新移植的，得弄支架。案发前些日子，我的兄弟老郭就是被派来安装架子的。老郭是树工，却总带着一把小锤子，形影不离地别在腰上。

"那锤子明明已经生锈得不成样子，真不知道他天天带着干什么。我们总嘲笑他。案发当天，老郭终于清醒了一回，将锤子扔进了树边的小桶。听说那个桶还挺新的，应该不会和锤子一起被当作垃圾清走，而且也并没有保洁人员来过。到了傍晚，小树林出了命案。"

黄头巾有些口干舌燥，一口气喝了大半瓶矿泉水，接着道:"老郭听说工作的地方出事后,连忙赶了过去,紧接着就注意到锤子和桶都失踪了。他将事情原委详细告诉了警方。破锤子被偷走的几率太小了,所以大家都怀疑凶手是借用了锤子作案,最后提着桶离开了……"

新线索让梅雨有点兴奋。若真如此,推测凶器就是锤子倒也合理。不过,既然案发现场有书包,为什么还需要拿桶将锤子带走,直接把凶器放包里不是更保险吗?

"等有新的线索再想这个问题吧。"无论如何凶器都很难找到了。接下来该怎么办呢,刚刚展开的思路好似泡影,转瞬即逝。

即将走出树林时,梅雨被地上的泥泞滑倒了,摔了一跤。想扶着泥土起身,却忽然发觉手旁有一粒小珠子。将其捡起,擦了擦土,露出了真容。就在这时,身后毫无征兆地再次传来了空灵的声音。

梅雨受够了猫捉老鼠的游戏,决定正面出击,不能再被动下去了。一个计划悄然形成。天气阴沉,女孩只身前往了小礼堂。

近日学校没有文艺展演活动,加上此时正是许多学生上课的时间,礼堂内空无一人。其间分为两层,她来过几次,很熟悉线路。

感受到那人的跟进后，梅雨假装没发现，拿出手机敲打电话号码，又举了起来，等待片刻才笑着说："杏子，你在几楼啊……哦，好……行啦，知道你要送我惊喜，一会儿找个隐秘的地方……你喜欢的那个学长也来了？太好了……已经从上面看见我了是吧，行，我马上过去……"

放下手机，梅雨抬头看着二楼的某个方向，笑了笑，又跑向了楼梯。而刚一冲上二楼，她就迅速闪进了女洗手间。

轻关上门，打开窗户，确认楼外的结构跟印象中一样，便顺着几个小台子敏捷地跳到了礼堂之外的楼下。

记得这栋建筑的设计有缺陷，只有一个出口，于是立即暗中返回那里，等待尾随之人自己出来。她根本就没有给周杏白打电话，一切都是虚张声势。

如此一来，就算梅雨知道了对方的身份，对方也很可能以为她只是躲在某角落跟周杏白拆礼物。礼堂这么大，不小心将人跟丢太正常了。主被动切换，她将有相对充足的时间去调查，并做好应对的准备。

想起上次看到的女性身影，又有了些不确定，其实也可能是个男的。这种恍惚感经常出现在梅雨身上。

不幸的是，随着她观察了一下午，对方竟也躲了一下午，一直没有离开。心情变得凝重，她总觉得那人应该也就是个比较厉害的角色,而现在看来一切都没有想象中的简单,这个阴魂不散的人竟然如此沉得住气。

仔细想想,很久不出来还有一个可能,就是选择了今天动手,正在礼堂寻找杀人的时机。幸好她提前逃出来了。但对方不怕有别人在场吗,若真无所顾虑,又何至于躲在背后,直接冲过来不就好了?

晚上做梦时,大雨滂沱,尸骸遍地,每一块头骨上都粘着一朵枯萎的花。森冷不断蔓延,随即惊恐地感觉到胸口被刺进了一把刀。梅雨拼尽所有的力气回头,却发现那个人流了满脸的泪水,怎么也看不清。

8

坠兔收光,黎明扑面而来。正陷在噩梦当中,闹钟就与敲门声一齐响起。107寝室被迫早早迈入了新的一天,打开门,是一位"不速之客"。

"带那么多酒杯干什么?"梅雨打量着这位不请自来的姑娘。

"废话,当然是调酒了。"刘清烟将两个大行李箱搬进了宿舍,又把无数个奇形怪状的小东西端了进来,"从今天起,我就住这了。"

"宿舍申请通过了?"周杏白问。

"当然!"刘清烟一把抱住她,嬉皮笑脸道:"想我了吗?咦……怎么还有猫,它叫什么名字?"

"豆包。"

刘清烟自从搬出宿舍便一直住在叔叔空闲的房子里,如今叔叔着急用钱必须把那间房子卖了,她也只能回来了。

一周过去,梅雨才适应了这位新室友。刘清烟同学日常混迹酒吧,对调酒情有独钟,来心理学系简直是个鬼故事。

不想被琐碎的生活肢解,梅雨戴上耳机安心破案。她本打算从消失的凶器入手，奈何线索不够，只得作罢。于是思路一转，开始查找其他有可能是凶手的人。明白作案动机往往是通往真相的终南捷径。

接下来的几天，梅雨将刘梨的微博全部浏览了一遍，仔细研究了相互关注的人，思索着案件的最大受益者。一番调查后，锁定了动机最充分的人是"爆料方糖"。凭着惊人的爆料内容与大量煽情笔法，这个人在网上飞快地走红，甚至有了数百万粉丝。

案发当天，方糖正巧在西海大学附近，就悄悄前来拍下了尸体、现场以及陈艾玲的照片。尽管没有直接证据证明陈艾玲就是凶手，方糖还是把她当成真凶进行了绘声绘色的报道。为此，粉丝涨了不少。

不远处，豆包正四脚朝天地睡着，安全感十足。从梅雨的角度看过去，它的嘴角往上弯，仿佛在笑。看了一眼豆包后，心情略微放松了点。重新点开方糖的微博，发现这个爆料狂简直是现实版的柯南，走到哪里都能遇到案件，仿佛自带诅咒系统。

动漫可以充满巧合，但现实真能这么凑巧吗？为什么方糖总是碰到离奇案件，普通人一生都不见得遇到一次。想想那个跟踪的人沉稳得不像学生，如果是方糖的朋友，倒是说得通，可对方真的会在意她这么个普通人的无头绪破案吗？

不管怎么说,方糖的种种偶遇实在是过于巧合,暗箱操作得太明显了。或许方糖跟杀人犯是认识的,一个行凶,一个爆料,一边赚取社会知名度,一边将直播等得到的钱分赃。

更何况,警察也不是白来的,怎么会让她在严密封锁下拍到尸体的清晰照片呢?除非是在杀人后立刻拍照,再在警方到来后重回现场。

梅雨翻到了方糖关于刘梨事件的第一条微博——

Hi~大家好,我是你们的方糖~今天去雨城买奶茶,听到警笛声后就跟过去,竟然又见证了一起案子。

[刘梨尸体图]

上图是死者梨梨(化名)的尸体,脸部被我打了马赛克。她生前很爱笑,和我们一样热衷见义勇为,可惜如今已经永远地离开。这位年轻的姑娘再也看不到恶人被惩治,喝不了美味的珍珠奶茶了。

[刘梨生活照]

深入了解后,才明白案件起因有多令人作呕。几天前,梨梨向同学陈艾玲借钱,遭到了拒绝。陈艾玲不给也没关系,但另一方面,她爱上了梨梨的男朋友,三番五次想和那个男生玩暧昧。幸好人家男朋友很专一,还果断地出国读了硕士。陈艾玲没能得到他,便将怒火转向了梨梨,多次出言辱骂这个无辜的姑娘,甚至将她约到小树林残忍地杀害。

讲真,我本来也觉得陈艾玲可能不是故意的,可连凶器都被她悄无声息地运走了,应该是早有预谋了吧。

［陈艾玲哭泣图］

据内部人员透露,陈艾玲打算卖惨博同情,说不定过几天还能传出来患上抑郁症、心脏病。她家挺有钱,很可能下场控评,而现在,我们要用民意战胜资本!

若非如此,死者岂能安息?!这不是一件小事,而是在为无数受压迫的姑娘发声!她们在角落哭泣,我们在远方递纸巾!女孩子也有尊严,穷人也有尊严!我既然能鼓起勇气站出来,就做好了面对一切的准备。人生不就是这样的吗,"循此苦旅,以达天际"!

继续往下看,好几条留言的点赞数都已过千。

@吃瓜:陈艾玲怎么还不死全家?［微笑］这条回复的点赞数就是她全家的死亡速度。

@绝世小香瓜:楼上那个叫吃瓜的别吃我,还有就是,我是西海的,可以作证刘梨男朋友确实出国了! 这事实锤!

@追梦的甜甜:女生真的很不容易,我在重男轻女的家庭里长大,太清楚女孩站出来发声需要怎样的勇气。支持方糖!

@孤狼:资本必死! 老子就是没钱怎么了? 有没有组团去替梨梨报仇的? 私我,拉你们进群! [加油]

@南城一哥:杀了人还好意思哭,这演技怎么不去争奥斯卡? 得有多少人被她洗脑! [拜拜]她能暴力别人我就能暴力她。

@我爱和平:喷子们,不要骂陈艾玲了行不行……我都赞不过来了!

梅雨不想往下翻了。方糖看似宣传正能量,实则在散播恐惧与仇恨。给刘梨用了化名却对陈艾玲指名道姓,将刘梨的部分照片打上马赛克又使陈艾玲全脸暴露,险恶用心昭然若揭。据梅雨所知,刘梨的男友确实出国了,但与陈艾玲毫无关系;借钱是真事,可并未发生辱骂。事实上,但凡发言就难免以偏概全,因为真正知晓全貌的只有当事人。

或许,"实锤"这个词是锤子被黑得最惨的一次。

梅雨想拿支笔记录灵感,却从笔盒中摸到了一粒珠子。这是她上次在树林摔倒时捡的,据顾澈推测是颗佛珠。想了想,翻出一根红绳,将佛珠串了进去,如项链般挂在脖子上,就当是量身定制的护身符了。

"喵——"豆包突然通过床蹦上了桌子,一屁股坐在草莓本上。然后蹬着小腿,用脚丫挠脸蛋。

"可算睡醒啦!"梅雨用指腹帮豆包挠着另一侧的脸,"你都快有布丁的肥胖风范了。"

"喵喵?"豆包愤慨地背过身去,留下一个萧瑟的小背影。而后猫躯一震,打了个小喷嚏。

"着凉了?"梅雨心疼地揉了揉它的小脑袋,豆包配合地一下下往上扬头。

"不行,我还是觉得你好胖,要不量个体重吧?"梅雨贱兮兮地笑着,让豆包害怕得后退一小步。

肥宅表示不想量体重! 转身就跑,灵活地躲在了刘清烟的行李箱后。

梅雨郁闷地看着它,默默地把体重秤踹回了床底。

"豆包成精了?"刘清烟调侃道,"小白你看到了吗,连猫都跟我一样排斥体重秤!"

"继续破案……"梅雨将思绪拉了回来。要想查清方糖究竟是不是凶手，或者是否知情，该如何做呢？威胁她说出真相，还是好好沟通？心理学认为，不同环境给人的压力是不一样的，当面沟通往往比打字、打电话更有压迫感，也更能观察一个人的微表情微动作。梅雨想跟方糖见一面，可对方心思缜密，必定不会轻易与人见面，必须想个万全之策。

"杏子，你听说过'爆料方糖'吗？"

"那个网暴玲玲的煽情女记者？"

"嗯，如果可以的话，真想当面请教。"

"我有个插画师好友跟方糖认识，只要详细说下情况，她应该就能帮我们把方糖骗出来……"

"杏子，你可真是神通广大！"梅雨开心地抱住了周杏白。

"那必须的。"

"喵呜——"豆包闪亮登场并蹦上了椅子，调皮地抓着坐垫上的挂绳。梅雨忍俊不禁，摸向它的后背。

"咕噜咕噜——"蓝灰色的小猫眯起眼睛，尾巴缓缓晃动，得意洋洋。

"哈哈哈，爱你哦，我独一无二的豆包。"

"才不是独一无二呢！"刘清烟忽然把枕头从上铺扔了下来。梅雨有点生气地看向她，却发现这个没心没肺的女孩眼角竟然有泪水。

9

"喂,小杂种。"

一道声音把我从梦中捉回了人间。我睁开眼,迷糊地看着面前的凶猫,不情愿地挪了挪地方。

流浪是个有情调的差事,每天都在生死边缘翩翩起舞。然而,作为一只饥肠辘辘的小猫,我深知自己渴望的并非此般情趣。

天色渐明,我伸了个懒腰,来到公寓旁卖萌,这是流浪猫的必备技能。人来人往,一个胖乎乎男孩摸了摸我的小脑瓜,并留下了些鱼干。他看起来像个好人,举止亲切,还默认我跟到了家门口。大门打开,一位肥硕妇女挡住了我。她巨大的影子好似一座牢笼,罩住了我与光。

"都说了多少次不要捡这种折耳猫!"

"妈妈,我才没捡呢,是它硬要跟的。"

我刚想转身离开,就被迎面而来的高跟鞋踢下了一层楼。随之而来的是猛烈的关门声,以及"折耳猫没资格活着"。

我虚弱地躺在地上,四肢无力,紧闭双眼。被踹到垃圾旁了吗?真脏啊,到处都是恶心的腐臭。好想舔舔身上的毛,可是没有力气。不知过了多久，我被抱了起来，还闻到一股熟悉的幽香。

"豆包?!"抱我的女孩惊呼。

她喊出的是我曾经的名字，关乎一段紫色的过往。

我生而不幸，是后院交配的折耳猫。

正常的猫本该立着耳朵，但很多人为了赚钱，交配出了有遗传病的折耳猫。这种猫脸圆可爱，却不得不承受命运的无情诅咒。良心猫舍的折耳似乎没有基因缺陷，只可惜我不属于那种，而是胡乱交配产生的后院猫，绝对会在未来某天病发。

几经周转，我进了一家无良宠物店，他们明知道折耳先天缺陷，还是面不改色地把我卖了出去。那天晚上，一个叫刘清烟的姐姐买走了我。宠物店很会经营，给了她一张卡片，用于填写关于宠物的暖心句子。

姐姐开心地看着我，像是收获了明珠，而后一边吹泡泡糖一边落笔。我不停地重复叫着"姐姐，别上当，别买我"，可她哪里听得懂猫的语言。于是我被装在纸箱里抱出了宠物店。我很不安，只能通过纸箱侧面的小洞看外面的世界。冷风从洞外吹来，漆黑又狭小的环境使我愈加恐惧，生怕信错了人。

姐姐带我上了出租车，然后就开始打电话，语气不善。我哭了，叫得越来越大声，她听见后立刻关了手机，通过半只三文鱼大的洞看向我。

"豆包，别叫了，姐姐会对你好的。

"害怕什么呀，以后有我罩着你！"

她一遍遍地哄着我，还唱起了歌，那声音很真诚，美好到可以接住泪水。

到家后，我终于能够重见天日。房间里暖气开得很足，还有股薰衣草的淡淡香味。

"哈哈，豆包，你好软乎呀，刚出锅的吧。"姐姐把我放在桌子上，轻柔地抚摸。我很舒服，发出咕噜的声音。显然她只是个新手，对养猫很懵懂，只提前准备了一个猫砂盆。但我还是很开心，因为这里有家的气息。

到了睡觉的时间，姐姐盖好被子熄了灯，很快进入梦乡。我爬上床，悄悄躺到她的身旁，蜷缩成一个团子。

夜间熟睡时，身旁好似传来一阵动静，我警惕地睁开眼——原来是姐姐醒了，她发现了偷偷上床的我。看来今天好梦将歇。

"哎呀别走！大冬天的，着凉了可怎么办？"她竟然给我盖上了被子。

猫的泪水就这样啪嗒滴在女孩手上。它想与她过一生。

然而转天早上，我还是冻着了。作为一个豆包，我坐在猫砂盆里，很不争气地露馅了，也不知道是不是露的豆沙，看这颜色好像也差不多嘛。

姐姐捏着鼻子给我铲屎，嘟囔着"得买个超级暖和的猫窝"。

我偷着乐了半天，但作为一只猫，我的小俊脸是无法安放笑容的，只能高冷地趴在一旁。至于我怎么知道自己长得还不错……是姐姐说的。别人家的女孩都喜欢公主裙，可我姐姐偏走古灵精怪路线，扎着紫色脏辫，还总叫我"帅豆包"。

看来我虽然是折耳猫，但相貌不错，也算有个能让姐姐喜欢的地方。那是我第一次感激命运。

姐姐之所以把脏辫染成灰紫色，是因为猫眼中的世界几乎黑白，只能辨认出几种色彩。

"玲玲说，紫色是猫能看得最清楚的颜色。我希望以后你看到紫色，就能安心，就能想起我。"

从此以后，她成为了我生命中一朵紫色的烟云，淡泊而茫然地飘着，又在远山悠悠转身，带着霞光向我飞来。那迷离的晦明是我眼里的尘世,浓烈的紫将于心底缱绻一生。

……

大家好,我是豆包,最近又露馅了。

但这次并非豆沙馅的。我被发现是个掺水假货了。

姐姐知道了我是后院折耳猫,有着难以治疗的遗传病。她没有钱支付昂贵的治疗费,为了不让我死于贫穷,便将我送回了宠物店。与姐姐相处的最后一个晚上,我躺在她手心,哭。

"你值得拥有更好的主人,而我救不了你。"

可你知道吗,你已经救了我很多次了。是你让我短暂地"活过"。

除了你眼尾不经意的烟波,我一无所爱。

我被关回了原来的玻璃笼子,和其他折耳一起。姐姐一眼认出了我,望了我很久还挥手说了句什么,我没有听清。然后她便转过身,狠心不再看向这边。

三天后,姐姐回来找过我一次,但我想通了,决定不再拖累她,就装作不认识的样子,和其他的猫玩在一起。

她走了。这明明是我试图促成的,可当她真的离开,失望又如潮水般涌来。我们总希望被人看破伪装,可不说又怎能怪别人不懂。如同无数渴望回家的猫一样，我深知希望好似涂了蜜的毒药，与其周旋的结果无非柔肠寸断。

道理谁都知晓，而我只是单纯不愿断了这份念想。

只要还能做关于你的梦，清醒时再痛苦我也甘之如饴。

那一刻，我像极了海面挣扎的蜻蜓，而风总会抚平一切不安分的起伏。风雨欲来，我竟还渴望天空。

一个月后，坐在宠物店的玻璃格子里，我再次看到了那朵紫色烟云。

她笑着朝我走来，一步，两步，越来越近……然后蹲下身，抱出了我旁边玻璃柜里的一只猫。她的视线没有在我身上停留哪怕一秒。明明只有一步之隔，却仿佛处在两个平行宇宙。连目光都会被虫洞吞灭，如同无数光尘一般消失。

姐姐买了另一只猫，它和我品种相同，唯一的区别在于耳朵是立着的。她抱着那只猫，很宠溺地笑着，就像第一次见到我。

"豆包。"姐姐喊着那只猫，而我竟然不争气地应了一声。

她拿出第一次来这里时写的宠物卡片，递给店长："不要这个了，帮忙换一张吧。"我清晰地看见卡片上面写着"每一只折耳猫都是小精灵"。忽然记起，我被送回宠物店的那天，她曾在远处说过一句我没能听清的话，现在想想当时的口型，说的似乎就是卡片上的这句。

可惜，她现在只喜欢立着耳朵的小精灵。

姐姐，超级保暖的猫窝应该到货了吧，你会让新买的猫住在那里吗？毕竟它才是你的豆包。想着想着我竟然又掉下眼泪，真是越来越不像个猫子汉了。太丢脸了，我倔强地转过小胖身，不想被看到泪渍。

以后的主人还会把我喂得这么胖吗？

姐姐啊，这一回，可别再宠错猫啦。

宠物店的墙是透明的，我盯着她离开的方向，默不作声。她上了出租车，还轻车熟路地打开纸箱，让"豆包"免于受到惊吓。猫没哭，姐姐却哭了。多么熟悉的宠物店外的泪水，可是那只猫并没有安慰她，没有像她当初安慰我一样。

我仿佛看见姐姐坐在一个巨大纸箱的中央，迷茫又忧伤。

但那只猫不会说"别哭啦，我会对你好的"。

尽管有三分神似，它终究不是我。

而我不是豆包。

猫界流行一句话："买前期待，买后虐待"。那我这算什么，买后又回归无尽的等待？可是时光不待。有一天，我偷偷溜出宠物店，开始了流浪生涯。我有颠沛流离的自由。

……

头好晕啊，不知不觉就想了这么多。差点忘了，我被一个女人踹飞，失去了知觉。朦胧中好像有谁抱起了我，是姐姐吗？

"帅豆包，你醒啦。"

"买了那只猫后，我便把它送给了外公。谁让我一看见它就想起你。我终于决定怎样都要把你重新买回来了，可宠物店的人却说你丢了。

"从那天起，我一直在找你。

"保暖窝到货很久了，摆在家里没被碰过，一切都还是你离开时的模样。不过你也用不上它了，毕竟春天已经到来。"

姐姐笑嘻嘻地看着我，而我在凝望她眼里的春天。

从那时起，我又恢复了豆包的名分，陪姐姐去了很多地方，蓊郁的树林或清澈溪边。她特意买了一个带猫外出的小包，壳是透明的，被装在其中不会害怕。

我最喜欢去的地方是含翠湖，那里格外安宁。湖边有棵许愿树，能够实现有缘的夙愿。姐姐一向搞笑调皮，但在那棵大树前却格外认真虔诚："树神，我是玲玲的朋友，她说向你许愿很灵验。

"我希望，十年之后，仍有豆包陪在身边。"

那时，我真的以为自己能陪她十年。

两年后,折耳病在我身上应验了。我终究还是躺在手术台上,奄奄一息。每一根骨头都痛得难以忍受,而兽医们还在闲聊:

"好丑的猫。

"就没见过长得这么像怪物的折耳。

"切,不正经的女生养不正经的猫呗,那女的还叫它'帅'豆包呢。"

我一直以为姐姐喜欢我是因为我很好看,但没想到连这份"帅气"都是假的。我不知道怎么看见自己,只听姐姐说过"豆包特别帅"。亏我还一直以为这张帅脸能带给她快乐。原来从始至终,都是她为我编织的美梦。呵,我的存在,总能伴随难以名状的悲哀。

回望一生,浮现的竟都是姐姐含笑的眉眼。我被无尽的紫烟笼罩,包裹着投往来生。纷纷扰扰,在死去的刹那悉数化为了平静。

今生的波痕,搅乱了来世的春水。

我也曾想过,为什么许愿没能灵验,唯一的答案便是——十年后的确有豆包陪着她,只是这豆包并非我,就像宠物店那次一样。

十年后的豆包啊，请你一定要好好对姐姐，她这个人嘴硬心软，只要你哄她开心，就能获得各种好吃的。我以前睡的那个窝，你若不喜欢，扔了便是，只要你对她好。就算我欠你个人情，等一切尘土归尽，所有逝去的魂灵在另一个世界重逢，我就是你的小弟，永远听你的。

我的眼睛已经睁不开了，但你还可以继续看着她；我的小脚无法再抬起，但你仍能抚摸她的掌心。

咦，我似乎出现幻觉了呢——姐姐，你笑起来好漂亮呀，紫色的长发是我生命唯一的色彩。

人间，真美啊。如果能立着耳朵，就更好了。

下辈子，换你做我的猫吧。

10

梅雨本以为新室友不喜欢豆包，直到察觉对方偷偷买了很多猫罐头。她不知道刘清烟是否有过什么关乎这个名字的往事，只觉得她真是刀子嘴豆腐心。

某个失眠的午夜，看见小猫在刘清烟的床上蜷缩成团子，而后那女孩竟轻轻抱起了它，温柔地说："豆包，你又回来了。"

乌飞兔走，距离找王侦探谈论案件已经过去一个月了。这段日子，梅雨一直在抽空调查，但进度不大。她与Mr. Blue约定每月一封信，如今又收到了。对方的字迹仿若一条湍急的河流。

小麻雀：

你让我回顾与你初遇的经历，但我着实不知从何言起，只觉得那天灯火匆匆，所有嬉笑声都在夜色里变得朦胧。我知你儿时样貌，你却始终不愿见我。若有一日，我们于尘世相逢，或许只能擦肩而过吧。

近日有幸读到一本好书，里尔克的《给青年诗人的信》，相信你早就有缘读过了。里面有句话，会让我受益终生："也许我们生活中一切的恶龙都是公主们,她们只是等候着,美丽而勇敢地看一看我们。也许一切恐怖的事物在最深处是无助的,向我们要求救助。"

你说的陈艾玲托梦之事,我略能体会。有位亲人早逝,那段时间,我也曾梦到她。不过,你这梦当真蹊跷,景象真实且重复数次。也许自然界中确乎存在神灵,能唤醒人不曾记得之景。

寻案之路,关山迢递。我信你聪慧机敏,定能巧然应付,可这探赜索隐,难免一失,切勿放松警惕。作恶之果俯拾即是,满心行善鞭长驾远。

第 84 份祝福

Mr. Blue

11 月 18 日

梅雨是在自习室回复完这封信的。先写了对信中内容的欣赏与认同,再描述了些近期的破案情况。此外,她认为 Mr. Blue 的最后一句话并不绝对。行善时心中欢喜,作恶却会日夜遭受良心的谴责。如是想着,在信纸上留下痕迹——

人们总说一不小心便会犯错,但事实上,我们也常常

"一不小心"就积善成德。

写完信,开始读通识课老师推荐的几本书。这个学期的课程已过去一半,梅雨边查案子边学习,两边倒是都没耽误。她最感兴趣的不是老师讲到了怎样的观点立场,而是提供了某个线索,让她可以另寻一番天地。

读书有点入迷,再次抬起头都两点了,食堂早就没了饭。去学校超市买面包时刚好碰到周杏白,结完账两人便一起走回寝室。

然而,她们刚推开宿舍的门,就看到了满屋的白烟。

"着火了?! 里面有人吗? 豆包呢?"

"是我在调酒!"刘清烟一边咳嗽一边从白烟里走出,手中拿着个瓶子,"没着火,就是加错东西了。"

"你不是改研究心理学了吗?"

"偶尔回顾下老本行,一会儿给你们看个好玩的……"

"这空气里加的是干冰吗? 太危险了吧,一会儿全窒息而死了……"周杏白捂着嘴打开了窗户。

几分钟后,空气基本恢复正常。铺好垫子,三人一猫,席地而坐。刘清烟摸了摸脏辫,不好意思地笑笑,"常规操作哈哈哈……"

"你在憨的领域可真是造诣颇深，"梅雨道，"刚才说要给我们看什么东西？"

刘清烟瞥了她一眼，掏出一只老式怀表，"拿着上面的绳子，在心中默念左右或者前后，手就会不由自主地让怀表荡出相应的轨迹。"

"催眠师？"

"嗯。"刘清烟拎起怀表就开始催眠豆包，没想到人家直接扑了上来，把怀表叼在嘴里咬来咬去。

"怎么变成钓猫了！"

见识完刘清烟的催眠技术，梅雨突然有了灵感，如果能用这些神奇的方法来破案，也许是个不错的选择。她们心理学系擅长察颜观色，但除此之外，一定也有其他破案技巧。注视着豆包，梅雨想起了顾澈，他似乎说过自己是人工智能专业的研究生。

由于养猫的事情，他们互存了联系方式。拨通电话，却听见了一道陌生的声音："喂？"

"你好，我找顾澈。"

"他出门了没带手机。我是他的室友梁川，可以代为传达。"

"我想请教他一些人工智能的问题，还是回头当面问吧。"

"OK。"

也许是被爆料方糖留下了阴影,梅雨不喜欢找人传话了。很多的误会只是起始于一个稍稍上扬的语气,抑或轻微闪躲的眼神。连自己都难以表达清楚的想法,更何况让别人转述呢。

如果有灵魂传送就好了。那样的话,纵有两座彼此遥不可及的冰山,也能在转瞬间荡出同样的水波;即使沉默地守望,也能看懂对方凉薄尽头的无限深情。

11

从西海大学所在的雨城到南城，只需两个多小时车程。迎着寥寥的晨星，梅雨坐上了前往南城的动车，又在到达目的地附近时叫了一辆出租车。一切只因她即将假扮另一个女孩见到方糖。

周杏白的好友严朵是个在网上小有名气的插画师，梅雨今天就是在获得严朵同意后以她的名义约的方糖。这个爆料狂的资料明明显示居住地在浔城，本人却时常活动于南城。不过也对，如果她真住在遥远的浔城，也不会因为买珍珠奶茶来到雨城，从而碰上刘梨的死。

"到了。"车停在了倾雅酒店旁边。梅雨有点愣神，这地方可真豪华，光是外面就缀满了浅色的仙珠。

手机短信响了，是方糖。

——朵朵，我在二号包厢等你。

——好的，我到酒店门口了。

倾雅酒店里的装饰比外面更加奢侈，充斥着金钱与欲望的味道，让人隐约不安。跟服务员再三说明后梅雨进入了约定的包厢，并谨慎地打量了一下。两边分别是暗紫色沙发，中间的桌上放着一瓶打开的红酒和玫瑰花瓶。左侧的沙发上有一个标准路易威登风格的小包。

就在梅雨准备坐下的时候，一道突如其来的声音吓了她一跳。

"不好意思，刚刚去了趟洗手间。"

还没等她转过头，一个三十岁左右的女人已然坐在了对面。酒红色大卷短发，黑色性感连衣裙。与之相比，一身轻熟风小西装的梅雨只是个青涩的小姑娘。

"您好，我是严朵。"

"我是方获，能透露下你的真实姓名吗？"

"现实中的名字也是严朵。"

"我想问的是你的真名，而不是严朵的真名。"

梅雨没想到对方能这么快发现破绽。严朵从未在网上公开过照片，而现在方获只凭一句话就看穿了这场闹剧。

"梅雨。"

"来杯红酒？"

"不必了。"

"说吧，你约我出来的真正目的。"

看来只能另辟蹊径了。

"我想知道，您是如何做到这么高频地偶遇案件的？"

"爽快。"方获的嘴角噙着一抹玩味的笑,"你真想知道?"

"是的,请您务必告诉我。"

"告诉你也无妨,一个小丫头掀不起多大浪……你以为我会那么说吧?"方获的笑容唰地消失了,仿佛川剧里的变脸,"你有什么资格问我这个问题?"

梅雨将一个U盘放到了桌上:"里面是著名影星张文的打架视频,您不会不感兴趣吧?"她边说边将U盘插入了随身携带的电脑,视频货真价实。

方获先是愣了一会儿,而后道:"好吧,这个筹码我很满意。"

"前提是您不能骗我。"梅雨悄悄转移话题。U盘里的视频只是张文在拍武打生活节目时录的一镜到底,只要是他的铁粉都知道。她在赌日理万机的爆料方糖没看过这段视频,看来是成功了。

"放心,毕竟……"方获戏谑地重复开始的话,"告诉你也无妨,一个小丫头掀不起多大浪,对吧?"她边说边把玩着酒杯,"其实很简单,就是编啊。"

"没有证据不怕被揭穿吗?"梅雨打开微博,指着对方今早新发布的煽情爆料,"这个男生真的做错事了吗?"

"做没做又如何呢?无论我爆出他的什么料,都一定会有人相信。即使真相大白，别人在看到他时也还是会条件反射地想起我所曝光的内容。只要人们的记忆还在，他就永远无法彻底澄清。"

梅雨微微皱眉："是啊，第一印象太重要了。选择站在哪队后就很难改变了。让人们在最初坚定地相信，之后的事情自然水到渠成。"

方获抿了一口红酒，又将它放回桌上。"当你一打开手机就看到针对某个人铺天盖地的骂声时，会不会也倾向于支持大多数人？一定是这个人做错了什么，毕竟苍蝇不叮无缝的蛋。于是，你随手评论了一句'他也太可恨了吧'，便点开了新的网页。你觉得自己善良又聪明，一定能分辨出真相。即使偶有失误，似乎也无伤大雅，毕竟人们都是这样的嘛。"

"而被冤枉的人所遭受的伤害，将永远停留在那里。"梅雨攥紧了斜挎包，表情却让人看不出端倪。她完全没想到对面的女人会如此肆无忌惮地说明一切。是张狂，还是示威？又仿佛在讲述一场揭穿人性的社会实验。

方获耸了耸肩，红唇轻扬："说白了，人们想要的仅是一个如其所愿的故事。只要动听到能让人感同身受，抑或口号足够浪漫，便都愿意相信。互联网总有新的浪潮，昨天的爆料转眼便被冲入海底。在这个快节奏的社会里，谁又有时间细究真相?"

"聪明人从不轻易评论,因为他们深知,能被大众看见的永远只是冰山一角,"梅雨声音沉静,无畏地望着对面的女人,"所以评价演员就关注演技,评价歌手就关注歌喉,至于其他的,根本看不见水有多深,又有什么理由加入那'伟大的憎恨'。"

"但你说服不了别人。"方获的神情难得严肃,"人们需要这种暴力美学。越完美的东西越易碎,令人心颤的往往是白布中的一滴黑。"

梅雨轻轻一叹:"方女士,正如我无法说服别人,你也瞒不了所有人。还记得陈艾玲吧,她都没见过刘梨的男朋友,更不可能有所谓的暧昧,你为什么要多此一举?"

方获没有立即回答,而是点燃了一支烟,浅浅吸一口,又吐了出来。

"爆料的精髓,在于七分真三分假。比如掀起一场维权运动,只要大部分被揭发者的事情都有理有据,那么尽管少数人很无辜,人们也会将其看作共犯,并以为证据确凿。其实女孩子很有优势,只要揭发'坏人'时的语气装装可怜,装装善良,就能引来无数人的同情。凄美又生动的故事,谁不喜欢听呢?"

"陈艾玲究竟做错了什么?"梅雨突然觉得冷眼旁观是件优雅的事情。可悲可叹的中文啊,词汇虽愈加丰富,却愈加表达不了一颗心。"方女士,请不要把你的文字当成伤害别人的武器!"

"善良叫圣母,澄清叫洗白,伤痛叫卖惨。你告诉我,现在有什么词汇,是不能被利用的?"方获摊开双手,笑得张扬,语速也越来越快,"资本必败、自由万岁、创作不死、正义不朽,你眼中的真相,究竟是真相,还是真像呢?梅雨小姐,你又何尝不是乌合之众?你一定觉得自己正义极了吧,但陈艾玲真就没有一点杀人的可能性吗?"

"为什么偏偏跟她过不去?"

"怪就怪这个女生像蝼蚁一般卑贱,你没发现我从未爆料过二线以内的明星吗?其他人都觉得那样能增加名气,但我不会以身犯险。我有兴趣猎杀的是卑微而没有还手之力的小虫子。"方获边说边低头笑了起来,尖锐的声音仿佛粉笔划过黑板一般刺耳。

梅雨的心咯噔一跳。

"所以,梅小姐的 U 盘对我来说没什么用处,更别说那个视频是我早就看过的。为了达到目的,我们都在编造谎言,尊贵的梅小姐也并不例外。"

说完这番话，方获起身离去，一路走到了酒店前的停车场。冷风亲吻着女人红色的卷发，她惬意地抽完最后一点烟，又眯起眼睛望向不远处的摩天大楼。偶尔逗一逗这些不谙世事的小姑娘，倒也有趣。

　　拿起手机，长长的红指甲在屏幕上划动几下，拨通了某个电话。对面传来一位年轻男子的声音："喂？"

　　"是又有案子了吗？"方获打开车门，坐了进去。回到这种相对私密的空间后，她颓废地瘫在座位上，像是被抽走了一部分张牙舞爪的灵魂。

　　"当然，就等着你来爆料了。"对方说。

12

初中音乐课上，全班同学齐声歌唱。变声期的声音不怎么稳定，但在用心的状态下格外动听，带着些许雏凤声清之势。阳光洒在少年们的脸上，化作了跳跃的音符。

一个有着小梨涡的女孩走了进来，抱着一摞厚重的书："报告！老师好，甄老师让我把最新的音乐教材拿来，请问您想把它放在哪里？"

"放在右边柜子的抽屉中就行。不过那里有些乱，你能帮我稍微收拾下吗？也许会费些时间。"贾老师接着弹起了钢琴，同学们站着高歌。

合唱完毕后，有兴趣的同学可以单独演唱。女生们互相推辞，男生们嘻嘻哈哈，教室一片纷乱。

"老师，出事了！"突然传来一声大喊。众人向那边看去，只见一个男生面色痛苦，正用手按着胸口靠下的位置。

"宋涵你怎么了？"贾老师焦急地跑了过去。

"我小时候严重骨折过，做手术往身体里装了钢板，它得在里面待三年，不能被使劲碰。刚才刘清烟撞了我一下，现在这个钢板可能……可能……"

贾老师气恼地瞪向刘清烟："怎么又是你？总翘课去些不正经的地方也就算了，现在竟然开始伤害同学了，没有教养！"

"什么啊！明明……"

"你多大了？"

"十四！"

"十四岁故意杀人就得负刑事责任了，万一宋涵真出了什么事，你可是要去监狱里待着的！"

"我哪故意了？"

"现在不是追究责任的时候，先把病人送去医院吧。"小梨涡说。

贾老师这才反应过来，连忙问："宋涵，你好点了吗？"

"嗯，但还是很疼。"

音乐课是每周三的最后一节课，下课铃响后，同学们就陆续回家了。教室里只剩下了音乐老师、刘清烟、宋涵以及小梨涡。

教导主任很快赶来了，对贾老师使了个眼色，然后扭回头，一副语重心长的样子："宋涵，这件事已经通知了你的家长，如果后续情况严重，可以要求刘清烟赔偿。切记不要将事情闹大，那样对谁都不好。学校已经尽心尽力了，可有些同学太过淘气我们也没办法。"

"是啊,以后别再这么不小心了。"贾老师跟着说,"刘清烟,你家不是有点小钱吗,多赔偿些这事就过去了。"

"才不要,我是被人推了一把才撞到他的!况且宋涵根本没说过身体里有钢板,他自身也有责任。我唯一的过错就是服从你的命令站在那里。"

"那好,推你的人是谁?"

"没看清……"刘清烟为难地说。

"那就怪不得我们了,你独自赔偿总比大家都赔偿要好吧?这件事最好私下解决,不要说是在我们学校发生的,知道了吗?"

"不知道!"刘清烟气得脸颊通红,"凭什么无论是非曲直,少数人一定要为多数人放弃自己的利益?"

"个人为集体奉献,本就是天经地义!"贾老师的脸上仿佛写着苦口婆心。

接下来他们吵成一团。小梨涡看不下去了,她想起在网上看过一则视频,讲的是在一辆失控火车的面前有两条轨道,分别站着五个人和一个人。按平日路线来说,应该会把那五个站错道的人撞死。但危急时刻,列车长改变了火车的行驶方向,为了救更多人的性命,杀死了另一轨道的无辜之人!一个人的生命就不是生命吗?于是脱口而出:"错误应该由最该承担的人承担，而不是最能承担的人！为什么大家在评判别人的价值时，不注重能力，而只看奉献与牺牲？按这个逻辑，我们都直接去为别人死好了，到那时尸骸遍地，世界该多有价值！"

"人在集体里当然要为集体办事，不能谋私利只顾自己！"教导主任教训完小梨涡，又转过头，"刘清烟，你还要庆幸，终于能够为学校做贡献了才对。只要你把这次的伤费全部担负了，我就不再追究你其他的事了。"

刘清烟冷笑一声："老师，如果你真觉得这是一种荣耀，那为什么不主动牺牲自己的钱来建设学校呢？用集体的名义逃避责任便是大爱了吗？我从不相信所有善意无罪。"

"既然你如此不服管教，那就等着被处分吧！"

"处分就处分！"

眼见着矛盾愈演愈烈，小梨涡拉着刘清烟出了教室，七拐八拐来到学校操场。

"你那样说只会让争执越来越严重！被处分的话是不是就很难上重点高中了呀？"小梨涡眉间轻皱，有点后悔刚才的冲动。

"上不了就上不了呗，反正我问心无愧，"刘清烟无畏地笑着，从地上捡起一根断了的蒲公英，"你看，人们都说蒲公英终究会飞向远方,可是总还会有那么几株,倒在地上,怎么也爬不起来。"

"如果有风,它就能飞,"小梨涡拿过刘清烟手中的花,轻轻一吹,"你瞧,这不就飞起来了!"

"你耍赖!也许它不想飞呢!"

"哈,怎么可能有不想飞的蒲公英呢!"

"你叫什么名字?"

"陈艾玲。是我奶奶起的名字。"她眉眼弯弯,伸出一个小拇指,"你叫刘清烟,对不对?我知道你。以后我们当好朋友吧!拉钩盖章,一百年不许变!"

刘清烟没有拉钩,而是凑到了陈艾玲手旁,吹散了剩下的蒲公英:"呼——永远不变!"

那时候的她们并不知道,这世界上真的有一心拥抱大地的蒲公英和想要飞过沧海的鸟。

远处,有一个男孩用相机拍下了两个女孩吹蒲公英的刹那。取景框里,她们像当日枝头上的阳光一般美好。

13

天色渐暗,梅雨拎着小饭兜离开了寝室。饭兜里是刚做的三明治,打算给弟弟余小阳送去当惊喜。记得他在蓝醉酒吧工作,便来了这里。然而,转了好几圈都没看见对方的身影,电话更是打不通,只能叫住一个胖肚子的保安问个究竟。

"小余真是太偏了,冲撞了客人不道歉,非说自己有道理!现在可好,被老板撤职了。"

"您知道他后来去哪里打工了吗?"

"好像是做外卖改送饭去了? 具体的我也不清楚。"

"好的,谢谢。"梅雨握紧了饭兜的提手,心情有些低落。

过了一会儿,她准备离开,却撞见了刘清烟。那女孩正踉跄着往外走,像是喝醉了。梅雨无奈扶额,怎么到哪里都能碰见这个小祖宗。

小祖宗摇摇晃晃地走着,最终在蓝醉外的儿童游乐场停了下来。先是坐在秋千上呆呆地望着天空,又从包中拿出罐装啤酒,和秋千干起杯来。眼前人的落寞让梅雨有点不舒服,于是在旁边的秋千坐了下来。

"咕噜——咕——"刘清烟瞥了梅雨一眼,并不吃惊,继续灌了几口酒。

"你不能再喝了！这么晚了单独在酒吧外喝酒多危险啊。"

刘清烟一直盯着梅雨的眼睛,某个瞬间梅雨都感觉这女孩根本没醉,怎料她突然哭了:"呜呜——他们都是骗子,都是为了钱才跟我玩的……一有事就都跑了！钱真的那么重要吗……你也快走吧！都说了我讨厌你……"

梅雨没有理会她,而是去附近的自动售卖机买了两罐柠檬汁。

"柠檬汁！我也要！你不是草莓控吗,怎么开始喝这个了?"刘清烟哭得有些恍惚,看到自己喜欢的柠檬汁,立刻就喊了出来。

"哈哈。"梅雨忍不住笑了。

"啊呀不许笑!"刘清烟从梅雨手里接过易拉罐,像是被从愁云惨雾中生生地拽了出来,"谢谢。我刚才钱用完了,回去还你。"没一会儿,又低下了头。

"怎么了?"

"真想不到这个时候陪在我身边的人竟然是你。"同样没料到的是,由于不小心,她在开易拉罐时被拉环划破了手,"嘶——"

梅雨一时慌了手脚,觉得自己像是好心做了坏事,连忙去附近药店买回了创可贴,并帮刘清烟贴上。

"烟烟,都会好起来的,就像这个小伤口一样。"梅雨喃喃低语。

"可能是因为我对你有偏见吧,所以无论如何都不愿看到你的改变。现在我想通了,与其浪费时间去讨厌你,不如多喝几口柠檬汁。"刘清烟凝望着梅雨,一股恍若隔世的感觉油然而生,猛然又冒出一句,"讨厌一个人,比爱一个人难多了。"

"是啊,这世界哪有绝对的好人与坏人呢?"

"哎?"刘清烟似懂非懂。

"如果你想做出伤害我的事,那我会立刻制止你。但如果你是被逼无奈,我也许会同情你。"梅雨望向不远处的江,水中的月亮摇摇晃晃,像个喝醉的仙子。

刘清烟轻声道:"对不起。"

一阵风拂过,树影婆娑,秋千也被吹动了。

"我跟小泽交往了一年多,今天分手了。他说根本没喜欢过我。一个爱情骗子,一帮酒肉朋友……"刘清烟自嘲地说,"其实我也没有那么喜欢他。或许,我心动的只是付出感情的自己。"

"很多人都是这样的,爱上的不是人而是爱情本身。"

"人们都喜欢草莓这种甜甜的水果,我却偏爱柠檬。即使如今天这般狼狈,依旧有许多东西无法妥协。偌大世间岂止爱情动人,至少还有不计前嫌陪着我的你呀。"

　　梅雨柔和一笑:"无法顺遂海波,是因为你另有自己的天空。"

　　"这片天空做错过很多事,只懂得年复一年地日落。"刘清烟边说边叹了口气。

　　两人的声音越压越低,像是两只蚊子在交谈。

　　"我早就原谅你了。看你书包鼓鼓的,里面一定还有酒吧,要不要我陪你一起喝掉?"

　　刘清烟转过头看了她一眼,眼泪又忍不住流了下来,"梅雨你知不知道,这一刻的你,特别像玲玲……特别像。要是地上有蒲公英就好了……"

　　一起喝着剩下的几罐啤酒,在秋千上坐了很久。那天夜里,可能是孤单和极度渴望友情的缘故,两个美丽而模糊的身影重叠在刘清烟面前。她似乎从梅雨的身上看见了另一个女孩。

14

喝完最后一罐啤酒,已是参回斗转。考虑到西海大学严格的门禁以及宿管大妈凶神恶煞般的面孔,只能另寻住所了。用手机搜索酒店,最近的一家也挺远。更让人头疼的是刘清烟喝醉了,抱住路边一群灌木丛说起了英语。亏了梅雨力气大,才把她从地上拽了起来。

翻弄手机,今天是周六,梅雨想起顾澈讲过每周六都在琴行。说来奇怪,蓝醉不远处就是桃源寺,明明只隔了几分钟的路程,却仿佛处在两个世界。盯着顾澈的号码,想想还是拨了过去。

两人赶到后,顾澈直接将她们带到了自己家里。那是爷爷当年留下的一幢小楼,与桃源寺差不多只有一墙之隔。

待安定下来,刘清烟很快睡着了,梅雨却陷入了失眠。她将今天发生的事情在脑中反复过了几遍,一想到弟弟又被辞退了就坐卧难安。睡不着还越来越渴,掀开被子起身,茶水已然凉透,索性提着暖壶来到接水的院子。

"怎么还没睡?"

梅雨吓了一跳,抬头一看是顾澈。此时他正坐在斜坡屋顶上撸猫,白日里赭红的屋瓦已完全融进了夜色。

"呼,不是鬼啊。"梅雨拍了拍胸脯,看见这里正好有架梯子,便小心翼翼地爬上了屋顶,"晚上不回琴行?"

"小时候经常和顾芮来这里住,现在偶尔也会住这儿。"

"啊?"梅雨不知道他说的是谁。

"快看,今晚有星星。"顾澈穿着黑色外套,碎发在风中轻轻飘起,有种少年的帅气。他半仰在屋瓦上,向天顶的星辰眺望。

梅雨在旁边坐下:"感觉星星也不是很美啊,为什么人们都喜欢仰望星空呢?"

顾澈看了眼身旁瘦弱的女孩,仿佛自言自语:"也许是因为每个人都渴望有精神寄托。世界能创造万物,就能包容万物。人们常说宇宙无穷无尽,可无穷无尽是如何存在的?"

"这的确很神奇,说得我浑身发冷,"梅雨望着远处的群星,嘴唇微张,"也许根本没有真正意义上的客观世界吧,所谓客观也是主观的思考。而同样难解的是我永远无法用我的灵魂来证明你真的存在。"

旁边没有声音回应,梅雨扭过头,二人目光正好交汇在一起。

"顾澈,记得你是人工智能专业的,如果让你破案的话会从何入手?"

"破案?"

"我有个室友被陷害了,又因为网络暴力等原因永远地离开了。我想找到真凶,还她一个清白。"

顾澈停顿了一会儿,说:"你那个室友是叫陈艾玲吗?"

"你怎么知道的?"

"这个案子挺有名的,我也觉得它的细节有些蹊跷。如果你愿意的话,我可以帮你一起破案。"

"好啊,咱俩的专业配合起来,既能从内在分析人又能从外面代替人,真是绝了!"

"好啊,送你的那只小猫最近怎么样了?"

"豆包呀,它简直就是我们宿舍的开心果!"

"豆包?"

"我还挺喜欢这名字的,布丁和豆包,想想就饿了。"梅雨闭着眼笑着,半梦半醒,"我给你唱首歌吧,一首陈艾玲写的歌。"

月亮西沉,女孩躺在屋顶上唱了起来,嗓音中有着淡淡的离愁。随着困意渐浓,歌声也越来越轻柔:

　　谁把南飞的燕

吹往春天的巢

让蒲公英飞遍江南

看一场枝芽轻弯

听风掠过草原

我愿你是世上最干净的灵魂

透过万里层云

悄悄吹尽永恒

　　这天晚上,梅雨梦见自己被困在一个立方体里。立方体的墙上挂满了镜子。奇怪的是,当她靠近一面镜子时,发现镜中自己的脸消失了。而且,在每一面镜子里,她都看不见自己的脸。就在她心慌意乱时,左手触摸到了其中一面镜子,而后整个立方体轰然崩塌,呈现在眼前的是一棵大树。一只麻雀在枝头不停地叫着"世界是部小说"。

15

顾芮去世那天,外面雨声簌簌。女孩似乎早就知晓了天命,只是未料人生无常,一不小心就清醒了她的梦,熄灭了点点微光。

灵魂出窍的刹那,意想不到的事发生了。短暂的一生竟如走马灯般在眼前一闪而过。她看到了刚出生时的自己哇哇大哭,这才知道原来婴儿并不好看。小婴儿在床上躺了数日,每天都长得不一样。母亲产后很虚弱却无比幸福,待力气恢复些许后,她总喜欢抱着小芮芮唱《摇篮曲》。"睡吧,睡吧,我亲爱的宝贝,妈妈的怀里,永远守护你……"

母亲的笑容如此温柔,像月光下的仙子。那个唱摇篮曲的声音是神圣的,连时间都只敢悄悄流逝,生怕惊动了这安恬的一幕。月亮给母亲的脸洒下光辉,父亲也笑意浓浓地坐在一旁看着妻儿。

儿时记忆快速闪过,顾芮心底暖意盎然。在她出生后的几天,母亲曾对哥哥严肃地说:"澈澈,你可一定要好好对妹妹。"小男孩用他清亮的眼睛打量着褴褓中的妹妹,似懂非懂地点了点头。

芮芮是六个月学会说话的,说的第一个字不是"爸""妈"而是"哥"。大家开始并不知道,以为只是"咯咯"地笑。或许第一个字真有神奇魔法,澈澈和芮芮的感情甚至比和父母的感情还深。

澈澈六岁听别人弹了一首钢琴曲,自此便着了魔,常常拽着母亲往琴行跑。芮芮当时还很小,没法独自在家待着,只能被母亲抱着一起去琴行找哥哥。想来也是命运奇妙,那个琴行门口正好有几个发舞蹈课传单的人。芮芮当时仿佛被神灵指引,小手拉住传单就不放了。

由于从小上舞蹈课,芮芮五岁就会跳几支可爱的舞蹈。澈澈的琴技也突飞猛进,执着地相信没有什么比音乐更接近灵魂。

有一天,哥哥难得没在练琴,芮芮好奇地凑了上去,发现他竟然在数钱。"哇塞!你哪来那么多钱?""这是我存了很久的零花钱,打算将来去听世界级的音乐会。"

"那得存到什么时候?"芮芮算了半天也没算出个年份,"你为什么这么喜欢弹琴呀?"哥哥没有回答,只是反问她:"那你为什么喜欢跳舞?"

回望如烟往事,顾芮难掩落寞。没来得及多想,场景又变幻了。

芮芮特别爱吃小包装的布丁,每次去超市都会买好多,回家后就坐在沙发上笑眯眯地吃起来,开心得好像进入仙境。

"有那么好吃吗?"澈澈无法理解吃布丁有什么值得兴奋的。

"当然啦!草莓,红豆,椰果……"芮芮幻想着小布丁的各种味道,如痴如醉。

"笨蛋。"

"哥哥,我们幼儿园老师说,世界上没有两朵一模一样的花!所以呢,就算我是小笨蛋,那也是仅此一份的!你绝对找不到第二个如此帅气的小笨蛋。"

"谁说找不到,肯定有跟你很像的。"

"哼,那你找找看呀!不过,要是有天你真遇到了一个跟我很像的女孩,会怎么做?"芮芮好奇地问。

"可能会给她写信吧。"

"为什么呢?"

"因为我要告诉她,有一个小笨蛋跟她特别像!"

"呀!别说了!你才是笨蛋呢,笨蛋哥哥!"

芮芮八岁的时候,开始对世界有了独特的看法。放眼望去皆是奇妙森林,长满了想象力的果子与灵性的根。尽管没多少人理解这份童趣,她还是保持着勇敢的本真。这是个有梦的姑娘,眼中云是糖,口中糖是云。

"你快看,天上有流星耶!"

"芮芮你是不是傻,那明明是飞机啊。"

"管它什么飞不飞机的,只要我觉得是星星,那它就是我心中的星呀!"

爷爷生前是个居士,经常到寺里找方丈云尘老和尚喝茶参禅,谈谈生命的智慧与沧海桑田。爷爷有时也会把澈澈和芮芮接到桃源寺,那是一处清幽之地。如果与老和尚聊得还没尽兴,便带着两个小孩在此留宿。

日子久了,澈澈也和云尘法师成了忘年交,时常拉着妹妹问他各种稀奇的小问题。老和尚倒也耐心,总是拿来寻常物件作隐喻式的回答。那时澈澈才惊觉,原来世间的道理都如此简单。

回望与哥哥一起请教云尘法师的场景,顾芮心生怀念,然而这些都成为了过去。她马上就要死了,再也不会与他们相见了。

生命的图景继续闪现。芮芮逐渐长大,舞跳得越来越好,却将毁于一次威亚事故。顾芮望着小时候的自己,心急如焚又无能为力。命运的冰晶早已锥入时间的墙壁,那是她无从敲碎的痕迹。

事故重现，女孩严重摔伤了头部，以致全身瘫痪。正如《潜水钟与蝴蝶》的主人公那般，芮芮的身体像是被重重包裹，丝毫动弹不得。更悲哀的是，她的蝴蝶不是文字而是舞蹈，无法再摆出婀娜的舞姿就意味着内心的蝴蝶也死去了。

回头看当时的景象，父母哭得很伤心。父亲说："闺女你看！天上有流星。"芮芮艰难地瞥向窗外，是一架飞机。她深知家人的良苦用心，但自己着实失去了快乐的能力。不能再跳舞意味着过去所有的辛酸都变成了雪。

当身体已坠入茫茫黑暗，灵魂又该如何回望曾经的月光？

芮芮静静地躺在病床上，千言万语都化作无语凝噎。眼睛淌着泪水，而身体一动不动。恍惚的时候，甚至觉得头顶的灯光也在跳舞。空气的每一次波动，光影的浅淡与深沉，都极尽所能地摆出活着的模样。

她也曾是个鲜活的姑娘，每天练舞压腿，开朗得像只叽叽喳喳的小鸟，可惜现在无数次于梦里追寻蹦跳的权利，又一次次摔得鲜血淋漓。这也没有办法，她深知自己是鸟儿，注定要伴着蓝天舞蹈，而非在巢里度过余生。宁愿身体没有血色，也不想让心灵褪色。

最后一次泪眼朦胧时，芮芮终于见到了失去的蝴蝶，它轻轻地扇动翅膀，痴迷地飞向远处的光。女孩也忍不住跟着越飞越远,意识逐渐涣散。那柔软缠绵的感觉,就是来生的襁褓吗?

　　哥哥会在每天放学后来医院。某天晚上,澈澈撕下了音乐会海报,揉成一团扔进了垃圾桶。他拿着攒了许久的零花钱走进超市,买了几盒不同口味的小布丁。回到病房,发现芮芮依旧盯着天花板上的光影,不动声色。他强行咧出了笑容,来到妹妹面前,用布丁在她眼睛正上方晃了晃:"确认过眼神,是你的布丁。"下一秒,哥哥似乎意识到了什么,手颤抖起来。灯光照着布丁,在妹妹的脸上洒下阴影,犹如一层黑纱,轻轻地隔开了人间。

　　芮芮的脑部损伤十分严重,心态又一直很差,最终还是没能熬过浩劫。在哥哥迈进病房之前,她的灵魂便迈出了身体。

　　澈澈低下头用手捂住脸,泪水就那样从指缝间偷偷流下。这是顾芮唯一一次看见这个骄傲的男孩哭。他的表情并无太多变化,眼泪却汹涌而下,源源不绝。

　　没有其他人参加,家人们为芮芮举办了简单的葬礼,桌上贴心地摆着几盘她生前最爱吃的东西。死后的顾芮看到小布丁还是本能地去拿,却发觉手指触碰不到了。

　　葬礼结束的傍晚,澈澈在所有人离开后又单独回到了墓地,在坟前放下了一双新买的舞鞋,低声重复着妹妹的名字。

顾芮终于忍不住号啕大哭。她宁愿这一生没有月亮,也不想失去手边的星辰,"哥哥,我在这! 我听到了! 听到了……"

澈澈却听不见,他将几个小布丁放到坟上:"喂,笨蛋,你在另一个世界过得好吗,新的哥哥一定不知道你喜欢吃这个吧。"

顾芮重复着摇头,"呜呜——没有什么另一个世界啊! 哥哥,活着就是一段段记忆,我马上就要消失了! 你将看到几十年后的冰雪,而我却停留在了十一岁。想想也挺浪漫的,对吧,我会永远是个小女孩呢! 可是哥哥,呜——我也想看看我的十二岁啊!"

眼前的景象突然消失了。匆匆走完这一生,顾芮才明白她的生命是那么短暂。如果当初多活一天,现在便能多看一点生命的回望吧。

事到如今什么都回不去了。女孩用仅剩的意识对着世间的亲人哭喊:"你们可一定要幸福啊!"然后灵魂便悄悄地消散在无穷。

永别了,笨蛋哥哥。

永别了,小布丁妹妹。

16

与方获的会面并没能给案件带来进展,反而变得更加烟雾缭绕。由于并未发现新的疑点,梅雨决定暂时搁置对她的调查,转而研究另一个嫌疑人。比起方获,郭杰更有作案动机。

郭杰是西海大学的学生。自从父亲娶了第三者,家庭矛盾一发不可收拾。某次大吵一架后回学校参加辩论赛,遇到了与继母作派格外神似的新人刘梨。于是气不打一处来,冲动之下不管不顾地怼了起来。两人从此结下了梁子。前些日子最严重的一次,甚至闹到了警局。

按理说,他是最有动机的人,可方获的爆料把整件事搞得阴差阳错,完全指向了陈艾玲。而随着后者被全网谩骂甚至绞杀,一向脾气暴躁的郭杰竟然收了心,不仅没再惹事,还踏实学习起来。

为免打草惊蛇,梅雨没有去找他,而是先加入辩论社试一下水。之前递交的申请最近成功通过了。此外,为了更有效地破案,顾澈也参加了这个社团。

"梅雨?"

"……到!"神游得太严重,差点错过点名。这节专业课的老师姓严,头发梳得一丝不苟,手表的指针永远指向某个固定位置。他是个很认真的人,以至于被同学们私下起外号叫"严刻板"。

梅雨感觉自己快精神错乱了,看着这个老师的衬衫比往常多扣了一节扣子,竟也觉得可疑。

"她又在看你。"周杏白说。

"谁?"刚问完梅雨就反应过来,假装不经意地扫了眼后排,一个相貌奇丑的女生匆匆看向课本。

"小美?"

"嗯……她真的很奇怪。"

梅雨点头,去校园论坛搜了下这个女生,果不其然有好多帖子,其中一条关于大一的校花评选。意外的是,出现了刘梨的名字。

刘梨乐于助人但太过耿直,总是无意间戳到别人的痛处,分不清玩笑与伤害的界限。那场校花评选比赛,小美是不小心点错才上传照片的,怎料刘梨看见后觉得她很有勇气,还以鼓励的名义雇水军帮忙刷票。如此,小美的排名飙升到了第二,一夜之间成为了全校的嘲弄对象。得知始作俑者是刘梨后她前去理论,但对方完全不知愧疚,还觉得是在帮她积攒人气。两个女孩吵着吵着就厮打起来,成为当时校园里人尽皆知的丑闻。

"差点遗漏了这个人。"梅雨转着笔,思索着之前跟踪她的人影,的确和小美很相似,但又好像有哪里不同。

"杏子,你说世界上会不会真的有鬼?"

"不会的,要相信科学。"杏学霸推了推眼镜。

"但是我真心觉得,有些事情很难解释。"说到这,梅雨一脸迷雾。

"那是因为你物理没学好。"

"……"梅雨把头趴在桌子上,无言以对。她学习其实也不错,但跟周杏白还是没法比,而成绩最差的刘清烟又不知逃课去哪玩了。

需要操心的事远不止学习,小美到底会不会是玩跟踪的人?过了会儿,梅雨突然直起了腰,高兴地对周杏白说:"我想到办法了……"

接下来的几天,由于刘清烟快要过生日,梅雨暂时搁置了破案,帮忙联络生日聚会的事宜。

神奇的是,跟踪者仿佛知道了她并未调查案子,一直没有出现。虽然有点怕这是暴风雨前的宁静,但客观地说,无人尾随之后的生活节奏舒缓了不少。注视着停写多天的破案笔记本，梅雨甚至开始担心自己死于安乐。

二十四节气小雪那天，梅雨独自在校园里闲逛，慢悠悠地享受着这安静的时光。透过几棵树叶稀疏的大树，看大朵大朵的云毛茸茸地贴着天空。身旁来来往往陌不相识的人，像海洋里游动的鱼。

打算去礼品店挑个有趣的生日礼物，刚出校门她就疑惑地停了下来："那是？"前方十米左右，一只高高的人型布偶熊正摆着可爱的造型给行人发传单。

让梅雨停下脚步的并非布偶熊本身，而是它包外露出的钥匙链挂坠。那上面有一个黄色的卡通小太阳，散发着小竖道形状的光芒。这光芒本应围绕太阳一圈，却在右下角莫名少了三条，像是被人生生地掰断了一样。

"难道是小阳？"上次陪余小阳出去吃饭，正好聊到了这个太阳挂件，那是梅雨以前送他的。前些天他们还联系过一次，当时余小阳加入了一个负责送餐的外卖公司，看来这活又没做得长久。

想到这，梅雨没等布偶熊转过脸去，就从他手里夺走了部分传单。布偶熊想抢回来她却不给，两个人发传单事半功倍，没过多久就发完了。

提前完成任务后，梅雨买上两罐可乐，拉着布偶熊来到附近的江边,一人一"熊"坐在台阶上。

"小阳,你热不热啊?别戴这个熊头套了。"

布偶熊摇摇头,闷闷地说:"你怎么知道我在这儿的?"

"刚路过时看见了那个小太阳,就认出来了。"

"这样啊。"余小阳接过姐姐递过来的可乐,一要喝才意识到自己还戴着个熊头套。

梅雨看不下去,直接帮他把头套摘了下来。这一刻,她终于明白了弟弟不想摘头套的原因——额头上还贴着两个创可贴。

"又跟人打架了?"

余小阳没有说话,只是低下头用手指摩挲着可乐。

"你是怎么被蓝醉辞退的,我听说也是因为……"

"那天店里有个女生被隔壁桌很有钱的客人调戏了,她一直在推辞,看起来非常不情愿,我就把她给救了。"

"哎?"

"谁知道客人走后,这女生竟然倒打一耙,说我坏了她的好事,还去找老板告了一状。老板让我道歉,我不愿意,就被炒了。"余小阳讲得平平淡淡,反而让梅雨心疼起来。

"姐,他们都说做人不要这么直来直去,可是对我来说真的好难。我永远不会为没做错的事情道歉。天要是想灭我,那我就逆了这天。"

"呵呵,我的傻弟弟,"梅雨轻笑道,"你想怎么逆天? 倒立吗?"

"……"余小阳一时语塞,只管喝下一口可乐。

"广阔天地,人如蝼蚁。我们连自己是否存在都不能确切知晓,连记忆都不能万分确定是真实的,想逆天行事,怎么可能? 无论如何逆转,也不过是另一个方向的顺势而为罢了。"

"姐,你明明说过弱肉强食,适者生存。你以前可不是这样的……"

"女大十八变。"梅雨挑眉。

"……"

"内心有棱有角,但表面一定要学会遮盖锋芒。任何地方都有生活的法则,而复杂并不意味着不善良。"

"我尽量吧。"余小阳一副愁云惨淡的样子。

"好啦,"梅雨拍了拍他的肩膀,"时间不早了,快回去吧,不然这次的老板也该说你了。"

"姐,跟我去一趟吗? 给你留了一千块钱。"

"没事,你自己用吧,我做家教挣了些钱。"

望着布偶熊往前方奔跑的身影,梅雨忽然很感慨,也许这就是亲情,无论怎样都是纯粹地想让对方更好。余小阳是她唯一的弟弟,虽然父母不同,但终归一起长大。

远处,布偶熊买了一个气球,送给了路边哭泣的小姑娘,然后摆出了一个滑稽的造型,挥舞双手跟梅雨告别,继续往远方跑去。

没钱吃晚饭的小笨熊不知道,姐姐一直坐在江边,远远地望着他。梅雨真切地盼望这个爱打架的男孩做事外圆内方,又希望他永远这般爱憎分明。

转天便是刘清烟的生日,庆祝场所选在了一家轰趴馆。刘清烟很爱玩,还让梅雨等人多拉些熟人来,小聚会就这样变成了一场大型派对。

买了好多零食和饮料,一群人热热闹闹地走进了轰趴馆,很快就都找到了适合的区域。梅雨喜欢唱歌便进入了 K 歌房。刘清烟刚好碰到了个专业学调酒的姑娘,一见如故。余小阳和几个大男孩打起了篮球,没多久就混熟了……

晚上六点如约集合。几个男生把蛋糕端来,插好蜡烛又关上灯,刘清烟便在大家祝福的目光下许起了愿望。披萨外卖很快也到了,大快朵颐后,梅雨组织十多个人玩起了真心话大冒险,坐在毯子上围成了圈。

一个戴蓝帽子的男生举起了手:"那就从我开始,甩三个骰子,顺时针轮流,点数最大的问点数最小的。"众人称是。轮流甩了一圈骰子,点数最小的人叫胡彦辰,最大的是余小阳,两人刚刚还在一起打篮球。

"把桌上的那杯'无敌酸'柠檬汁喝掉吧。"

"太狠了,"胡彦辰在众人期待的目光下喝掉了柠檬汁,酸得满脸扭曲,"天啊,这辈子不想看见柠檬了。"

梅雨看向身旁的刘清烟,打趣道:"要是刚刚那杯柠檬汁让你喝就好了,肯定超开心。"

第二轮甩骰子,周杏白点数最小,蓝帽子点数最大。

"我选真心话。"

蓝帽子紧张地问:"你有男朋友了吗?"

"嗯。"周杏白用书挡住了发红的脸。

刘清烟和梅雨对视一眼,都从对方脸上看到了惊讶。

"我们怎么不知道?"

"实习时遇到的,改天介绍你们认识。"

蓝帽子暗恋多年无果,窒息地去照了下镜子:"没掉色呀,怎么就感觉绿了呢?"

第三轮,胡彦辰出题,刘清烟选了大冒险。

"打开微信,对此时显示的第一个联系人发'山楂树之恋'怎么样?"

"这也太非主流了……"她无语地说,"能换棵树吗? 不想恋了。"

胡彦辰打开手机查了查，"那就云树之思吧，但这个并不是关于恋爱，而是……"

刘清烟没听清他在说什么，只觉得跟前男友小泽已经很久不聊天了，其他人无论是发给谁都无所谓，便答应了。众人纷纷围到她身旁，盯紧了手机，让她不许耍赖。

刘清烟翻了个白眼，快速打开了手机，想都没想直接点了第一个联系人，白皙的手指飞快地打字，却在将消息发出去的一刻愣住了。愣住的不只是她，还有围在她身旁的一群人。梅雨不可思议地盯着刘清烟的手机，上面显示的最新聊天者竟然是陈艾玲！

所以说，陈艾玲根本就没有死？这段时间的破案，竟然全都是一场笑话?！一时间不知该悲该喜，短短的几秒钟脑海里闪过了无数念头。陈艾玲是怎么活下来的，为什么只告诉了刘清烟，让其他人平白担心？难道还有什么危险没有解决因此不能透露仍然活着的事实？

既如此，一直以来的跟踪者会是她吗？以及，在场这么多人都知道了陈艾玲还活着，是不是就代表着什么计划暴露了?！接下来怎么办，警告他们不能说出去吗，这又该如何做？尽管被骗了几个月，她还是相信陈艾玲一定有什么苦衷。

而事实上，一切不过是因为梅雨太敏感了。在几秒钟的胡思乱想后，她清醒过来，发现陈艾玲根本就没发过消息，自始至终都是刘清烟在自言自语。

——玲玲，你在那边一定过得很好吧，在默默地看着我们对吗？

——自从你离开，我可是一直都有给你发消息，你也不许忘了我。

......

——我回宿舍了，她们在养一只叫豆包的猫。怎么办啊，它跟我的小豆包太像了。一样爱露馅，一样天真，一样喜欢睡在我身边。

——今天调的酒不好喝。玲玲啊，你走后，再也没有人像你那样对我好了。

......

——马上就要过生日了，相信你一定会来参加，纵是化作人世间的轻尘与光影。如果我猜对了，就往这里吹一阵风吧。

——十分钟过去了，可算等到你的风啦！虽然有点延迟，但我感觉到你了！

......

——长大后才明白，"想我了吗"其实是"我想你了"的意思。所以玲玲啊，想我了吗？

......

——云树之思。

17

又被跟踪了，很好。

梅雨站在空旷的小巷里，拿出了手机。点开拨号界面，一点点敲入某个背得滚瓜烂熟的号码，毫不犹豫地拨了过去。她有些不希望这份猜测属实，毕竟对方怎么说也是与她三年同窗的同学。但，她太渴望摆脱这一切了。

一秒，两秒……

身后响起了手机铃声，好似幽灵的歌唱。

竟然真的是她！

梅雨回想起那个人的种种，只觉得像咽了苍蝇一样难受。这人就是真正的凶手吗？有些出乎意料，但又好像是最合理的解释。躲在她背后的并不是离奇的鬼怪，而是一颗难以捉摸的人类的心。

盯着手机屏幕上的号码，选择了添加新联系人，将名字设置成了小美。片刻后，又将这个名字删掉，改成了跟踪者。

梅雨知道这通电话无异于间接告诉对方自己察觉了身份，于是用最快的速度冲出那里，进入了一栋楼。她今天本就是来这里参加辩论社活动的。

刚到电梯门口就遇到了顾澈。

"查出来了?"梅雨问。

"嗯。"顾澈递给她一份资料,"案发当天中午,郭杰和他父亲在学校附近的餐馆吃饭。下午,监控拍到他进过一次小树林,脚步很快,好像很着急。"

"还记得我跟你说的有人跟踪吗? 就在刚刚,我发现那个人是我们班一个叫小美的同学……"梅雨还没有缓过劲来,"这个女生很奇怪且有充分的动机,我甚至都觉得不用管郭杰了。"

"她知道你在查她吗?"

"应该是的。"

"接下来你打算怎么办?"顾澈跟在梅雨后面走进了电梯,看着电梯门慢慢关上,"虽然很危险,但我觉得你可能已经想好了后路。"

梅雨抬起头,笑着注视顾澈:"我不打算单凭铃声去判断,万一是误解就不好了。以及,我需要她跟踪的证据。"

"你希望我继续去偷翻监控?"

"如果可以的话。"

"OK。不过你这段时间还是先别一个人出门了,或者这样,我过两天跟你一起去找下她……电梯到了。"

来到约定地点时，人差不多到了一半。等了半个多小时，直到开场十五分钟后，郭杰才大摇大摆地走进来。大家对此已经见怪不怪了。他单独坐到了一个角落，无趣地打着游戏。

这次集合主要是为了商讨新一轮大学辩论赛的事宜。众人打算先在社团内部进行筛选，再将最优秀的四人派去代表学校比赛。梅雨和顾澈参加辩论社本就是为了破案，便没有报名社团内部辩论环节，留在观众席观察。

郭杰很热血地参与其中，并且成功入选四人团队，他逻辑思维很强。这让梅雨对他有了更深的认识，又翻看起让顾澈帮忙查的案发当天资料："郭杰是在出事之前进的小树林？"

"他从正门进入又出来，刚好被那里的监控拍下了，而陈艾玲和刘梨都是从后门进的，没监控。单纯按大致时间推算，郭杰确实出来得早了许多。"

"嗯，不过这仍不能排除他的嫌疑。"梅雨不知道顾澈是怎么看到的正门监控，但还是稍微安心了点，庆幸自己找了一个好帮手。

"顾澈，其实我曾打电话想问你一些问题，可当时是个叫梁川的室友接的电话。"

"现在也可以问。"他话音刚落，梅雨就连忙道："有没有什么人工智能可以提取记忆……那段时间看了好多科幻片,有时也会幻想要是能直接看到别人的记忆,就能避免好多冤假错案了吧。"

顾澈深深地看了她一眼,过了一会儿才说:"你应该听说过时间旋转门和量子计算机,或许它们会带人类通往无数种可能,只要有足够的大数据,就能算出来一切,更别说记忆了。不过还很遥远。"

"这么厉害?"梅雨惊叹。

"对人工智能的研究就像打开潘多拉魔盒,我们在召唤有史以来最强大的敌人。"顾澈难得神情沉重,"如果 AI 可以在很大程度代替人类,那么人类占有这片星球的优势在哪里?即使给机器人制定永被奴役的逻辑,也难以避免量子计算机运算出神秘。"

"但我能感受到心脏的跳动,仿佛灵魂波动的声音,人工智能永远无法取代。"梅雨摸着胸口说。

"人类之躯也不过是低配版的机器人罢了,细胞就是算法,神经元兴奋或抑制的传递方向即为逻辑。"顾澈忽然笑了,帅气又悲凉,"所有的爱都是宇宙大数据的运算,而那些美好只是无穷平行世界的一种可能。"

"既然认为机器人对人类弊大于利,为什么考这个专业?"

"我选择人工智能，最初只是想寻找一个让顾芮重生的机会。这几乎是天方夜谭，但那时年少无知，一门心思闯进了这个领域。"

梅雨听他说起过妹妹的遭遇，感慨道："如果能塑造出和顾芮一模一样的机器人，再把记忆植入，是不是就代表她重生了？"

"可假如有一天我疯了，制造了两个重生的顾芮，她们谁才是我的妹妹？真正的顾芮应该是独一无二的才对。"

"她是个有血有肉的人，不是一架冰冷的机器。"梅雨说。

"那要是将来有技术能将她从胚胎时期重新分化孕育一遍，她是顾芮吗？"顾澈思索这个问题很久了，"怎样才能算是一个人？人的主体性究竟取决于什么？我之所以是我，是因为拥有这段记忆，还是生活在这个身体？如果是因为记忆，那只要有办法将这段记忆复制，世界上不就能有千千万万个我了吗？"

梅雨一时间无言以对，不停地揉着手指，"我不知道。其实我对心理学也怀着很多类似的困惑，所有能丈量灵魂的东西都使我深感畏惧。"

"思考不清这些问题的时候，才明白再也找不到她了。毕竟我连自己都还没找到。"

"顾澈,其实我总觉得有超自然的力量在操纵万物。我为什么是梅雨,也许整个世界只是一部小说。"

"小说也挺好的。"顾澈笑了笑,"那样一切都有机会重来,也许作者一次回心转意,顾芮便不会死去。"

"不,作者不是上帝。他只是塑造了生命的雏形,而所有的经历由角色自己去完成。"梅雨望向了窗外的天空,"无论世界的真相究竟是怎样,我相信我是活着的。每次看书的时候都会觉得,透过沉重的墨水,有灵魂在轻盈地呼吸。"

"顾澈,你敢信吗,我现在感受着脉搏的跳动,竟然对这些血管都生出了几分敬畏。"

说这番话的时候梅雨在想,每个在大宇宙里流浪的孤独使臣,都是自己所有细胞星球的国王。

18

冬日之美,好似点燃一炷孤寂檀香。仅仅是那样矜持地坐着,就仿佛蕴含了世间所有的美好。

还有几天便到冬至了,坐落于北半球的雨城即将迎来最微弱的太阳。地上的影子很长,像是被飓风推倒的电线杆。冷气在人海里游荡,游到最落寞的灵魂旁。女孩们在冬天也想活出春的味道,她们佩戴绒花在街边欢快地行走,所有哼唱的歌都变成了冰凉空气里的几缕白烟。

梅雨就走在这样一条似冬非冬的路上,她扎了个清爽的马尾,穿着暗蓝色毛衣和黑色长裙,包中有两封信。前些天收到了来自 Mr. Blue 的信件,今早才抽出时间回复。

小麻雀:

前些天去看了几家画展,现代人的艺术大多没有耐性,只图一个新字。自杜尚以来,艺术迈进了最难以评判的时代。人们不知梵高、莫奈,只知泛泛而谈。当"星空"与"日出"不再交替,"向日葵"与"睡莲"也终将枯萎。自媒体日渐丰富,很难有人站出来指明何为郢中白雪,何为下里巴人。

有些东西并没有远去，只是我们不再追寻。

读完上次的信后，我擅作主张去了你与方获会面的酒店，并在你离开后到停车场与她进行了交谈。她在网上诡计多端，但本人性格直率，说起话来没有什么躲躲藏藏。此外我还找了方获的几个朋友，知道了些关于她的故事。

这些从一开始就被命运欺凌的孩子，既可恨又可怜。我不知道她是否会回心转意，毕竟这世上的诱惑真的太多。看见前路有一朵美丽的罂粟，便很可能不再回头。

思索再三，还是决定将私自去倾雅酒店的事说出来。我在暗处看见了你，而那天你对我的到场一无所知，对不起。

第 85 份祝福

Mr. Blue

12 月 15 日

一开始，Mr. Blue 的信让梅雨十分不适，但转念一想，这次与方获的见面本就危险，谁都无法预料是否会出现意外，更何况时间地点还是自己在上封信中告诉他的，便释然了。

Mr. Blue：

不用说抱歉啦，你这么做也是担心我的安全，我可以理解。

这些日子，我很少做捧花女孩的梦了，也许是因为陈艾玲案件的不断进展吧。可惜这一波未平一波又起，各种怪梦纷至沓来。你相信平行宇宙吗，梦会不会是另一个世界的自己呢？

昨晚我梦见一个力大无穷的小男孩四处为非作歹，抢走了许多人的东西。人们对他痛斥谩骂，连新闻都在播报这件事情。后来那个小男孩也来到了我家，肆意洗劫甚至拿走了你送我的手链。他力大如同神明，常人根本无法打倒，我只能眼睁睁看着他抢走了所有的珍宝。我没有痛骂他，只是在心里为一个这么小的孩子没能受到良好教育而感到悲哀。也许因为我是唯一没有责备他的人，他觉得新奇便在走前回头看了我一眼，我也静静地与他对视，甚至苦涩地笑了。我们相互凝望了很久，就好像一辈子那么长，后来他竟突然伸出手，把那条手链还给了我。

我不知道这个梦意味着什么，但是我越想，越觉得他当时看我的眼神意味深长。这世上可能根本就不存在铁石心肠，只有难以熔化的伤。我记不太清做梦时的心情了，梦醒反而惆怅。忽想再见那孩子一面，听他说说他的过往。在他承载罪恶的手上，我看到了一束绝望中的微光。

或许，那些走上杀伐之路的人并非不懂回头是岸，只是慌乱中淹没了船。

小麻雀

12月17日

将信寄出后，梅雨来到附近的公园，坐在一棵枯树之下。她很珍惜独处的时间，孤身一人能更加放松地感受自然万物。倏忽之间，柔柔的花瓣已经化作来年的春泥，露水只能滴在枯木上，顺着脉络流入心底的琼枝。

这个冬天还没有下雪，看起来格外寂寥。

"有雪，大概也只会更寂寥罢。"闭上眼睛，时间仿佛静止在了这一刻。所有的爱恨情仇都飘成了天上的白云，悠悠而去。

当手表的指针转到十一点时，她站起身，拍落裙摆的尘灰，去了"彼岸之味"。那是一家新开业的西餐厅，位于西海与东川两所大学之间的美食街。宿舍三人约定今日中午在这里吃饭。

　　刚进入彼岸之味,梅雨就闻到了一阵独特而神秘的花香。再往里走,餐厅中央有一座小泉,在灯光的映射下涌动着暗红色的波澜。连同墙面、桌椅所呈现的诡异色调,整个餐厅好似一处转世地带。

　　梅雨刚在小泉旁半人高的隔间占好位置,刘清烟和周杏白便到了。找服务员要来菜单,发觉这里的食物都设计得很有情调。梅雨和刘清烟分别点了一份超度牛排,周杏白点了奈何荞麦面。除此之外,三人又一起要了瓶鲜花酒。

　　"再来一份忘川橘子汁吧,谢谢。"梅雨对服务员说。

　　"那不都是失恋的人点的吗,你怎么也喝?"周杏白问。

　　"以毒攻毒哈哈,鲜花酒和橘子汁兑在一起,不也是种有趣的鸡尾酒吗?"

　　"强!"刘清烟竖起大拇指,"话说你俩最近早出晚归的忙什么呢?"

　　"别提了,我去一家心理诊所当实习助理,结果那有个年轻咨询师竟然把我也当成了患者对待。在她眼里所有人似乎都很病态。要是哪天真的出现了个心理健康的,还是人吗?"周杏白指了指自己的眼睛,"被她折磨得我黑眼圈都重了。"

　　"成功晋升国宝。"梅雨托着腮帮子说,"不过失眠也正常,咱不是学过"粉红色大象"效应吗?"

"小白你快别实习了,再这样下去指不定哪天就学傻了。"刘清烟发现周杏白正在凉凉地看着她,于是眨了眨眼,连忙解释道,"总听说书呆子博士之类的……"

"你确定他们读博前不呆吗?"周杏白刚说完,刘清烟就唰的一下站了起来,"我天! 快看那个黄裙子的人!"

二人转过身,纷纷震惊,那正要走入拐角的黄裙姑娘,竟然是陈艾玲?! 梅雨期待惊讶之余,忽觉理应如此。这场关于刘梨的谋杀案本就有点奇怪,也许陈艾玲真的还活着,只是碍于某些原因无法露面。

"难道这个诡异的地方真能……"刘清烟慌乱地走出隔间,以最快速度奔向了黄裙姑娘,梅雨和周杏白也追了上去。

"陈艾玲?"刘清烟焦急地喊着。

黄裙姑娘坐到了隔间里,留给梅雨等人一个模糊的背影。"玲玲!"刘清烟跑到那女孩身边,刚想再说些什么,却发现她的面容跟陈艾玲一点都不一样,只是背影格外神似而已。

"你认错人了吧? 我是杨晓儿,不是什么玲玲。"

追上来的梅雨赶紧打圆场:"不好意思,我们看错了。"

杨晓儿软绵绵地说:"没关系。"

梅雨打量着她,觉得这姑娘很面善,柔柔弱弱的。不过,在杨晓儿对面坐着的女孩简直截然相反,穿着高中校服却一脸成熟,刺猬般的气质让人不愿触碰。

见她一直盯着校服女孩,杨晓儿解释道:"那是我妹妹杨瑛。"而后,刘清烟跟这个背影神似陈艾玲的女生互存了电话,对方是东川大学医学系的,今年大四。

小插曲过后,三个女孩回到了吃饭之处,佳肴俱齐。今天是十二月十七号,距离陈艾玲案件的发生过了整整五个月。刘清烟提议,如果大家下午都没事不如一起去扫墓。

临走时,梅雨才发现彼岸之味还有另一个大厅。那里的格调很光明,与刚才所到之地截然相反。黄泉碧落看似遥远,其实都在人间。

19

医院旁边的高楼有大荧幕,经常放映沧桑宇宙的幻象。无垠的漆黑伴随光尘,歌唱着神秘的图腾。明明是昏沉了无数年的倦容,却比及笄的女子还风情万种。

荻荻遥望着那风姿,心生羡怜。若是有天,能拥抱星星就好了。

"别看窗外了! 快写作业。"方韩把荻荻拉了过来,让她坐在病床边的小椅子上安心学习。而方启国躺在床上,神情格外兴奋:"老婆,等我下周病好了一定带你和闺女去看电影。"

"好好好。"方韩削好一片苹果,塞进了丈夫嘴里,"可我费尽千辛万苦才给你借来了治病的钱,哪是一场电影能还的?"

"大难不死,必有后福……"

"切。"方韩嘴上不屑,笑容却越来越深。

"老妈,注意一下表情管理。"荻荻一副小大人的模样。

"你这丫头!"方韩揉了揉女儿的丸子头。

"哎呀! 发型都乱啦。我刚才编了一首歌,要听吗?"

"你不是在写作业吗?"

"乖乖写作业就不是我了!"荻荻得意地说,"歌名叫《三只方糖》。"

方启国差点呛着："应该是三块才对。"

"那就三块吧！"获获笑嘻嘻地唱了起来，"三块方糖，三块方糖，跑得慢，跑得慢，一块没有苹果，一块没有星星……"

"三块方糖是什么意思？"方韩也被女儿逗笑了，她想起《两只老虎》。

"咱仨都姓方嘛，简化为三块方糖啦！"获获拿起那张被涂鸦的作业纸，指着上面说，"你们快看我设计的卡通版方糖！等我开了记者公司，一定要把这个当作商标，代表咱们家！"

获获的兴趣在于录视频讲故事，时常有人说这孩子很适合当记者。眼看就要到圣诞节了，决定录个惊喜小视频给爸妈。

平安夜晚上，女孩睡得很轻，听到了身旁细小的声音。想着圣诞老人应该在往袜子里塞礼物，连梦里都是雪橇与驯鹿。可能是幻觉吧，她似乎还在梦中听到了一声"对不起"。

转日清晨，获获迫不及待地打开了特大号圣诞袜，其中装着的竟然是一颗星星。准确地说，是个缝制的玩偶，只不过外形是蓝色的星。

"小星，我会永远记住今天是你的生日。"

成年人眼中这叫恋物，但对一个浪漫的小姑娘来说，理论似乎并不重要。比起现实中勾心斗角，幻想的朋友要纯粹得多。无法说话却能听清你所有心事，难以溅起安慰却能给予海洋般的包容。至少，从不会背叛。

"呀！差点忘了录视频，再不去就来不及啦！"女孩匆忙地披上圣诞小红袄，抱着星星出了家门。

一路小跑，来到了高楼附近："小星，快看那荧幕上的宇宙！你的故乡。"而后，她打开了手机的录像功能，开始拍摄圣诞小视频："爸爸妈妈，我现在正在商业街，这里超热闹……"

见前面围着一大圈人，荻荻眼睛一亮，凭借小身板快速挤了进去。她将摄像头对准正前方，片刻不停地解说着。终于挤进了人群中央，顺着大家的视线往上方看去，只见医院的顶楼边缘站着个人。

人群仍在嘈杂地涌动，身旁愈加拥挤。高高的大人们凝聚成了海啸，小小的荻荻被淹没在其中，如同一朵将灭的浪花。

"我赌一百块她不会跳！"

"老子赌一千！"

"怎么就她活得委屈？！"

"站在楼顶又不跳，八成有其他目的！"

"难道是想火？"荻荻嘟囔着。

"哈哈,小姑娘你很上道啊,"一个满脸黑雀斑的男人拍了下她的头,"这种动不动就要跳楼的女人我见多了,基本就是想找点存在感,不会真跳的。"

"大哥哥,你认识她吗?万一人家真活不下去了呢?"

"试试就知道了。"黑雀斑瞥了荻荻一眼,继而大喊道,"跳一个!跳一个!"众人有些发蒙,但很快就反应过来,也开始起哄,如传染病般扩散。震耳欲聋的声音让荻荻倍感眩晕,可那浩大声势亦使她莫名热血激昂,连忙用手机录下这壮观的场景。楼上的女子仿若千古罪人,在呐喊声中往前一步,飞向了永无止境的黑暗。

尸体被人群快速包围,荻荻的腿有些发软,颤抖着双唇问向黑雀斑:"大哥哥,你好像猜错了?"

"是她自己要跳的。"黑雀斑一脸无所谓地耸了耸肩,大摇大摆地走向了尸体。荻荻快步跟上去,慌乱间仍在惯性地拍摄。

由于不敢细看尸体,只能眯着眼睛大概将其拍进去。而后,她离开了这片是非之地,独自来到附近的公园。没有一枝一叶,抬眼皆是冬。

坐在长椅上,裹紧小红袄,思绪又被吹回了方才的跳楼场景。总觉得哪里不对劲,最终还是看向了手机里的视频,拍得可真是无比清晰。而这一刻,突然什么都说不出了。她认识那一身衣服,大脑有一瞬的放空,然后心也飞了起来,失重得像是飘离了世界。

曾有一个人对她说,若是失望了就看看星星。踩着飞雪,穿过人间的风,偌大的宇宙总有一处归途。而现在,那个人破碎了一切的雪与风,告诉她,人生不再有来路。

"妈妈。"

从未想到,竟是以这种方式见到母亲的遗容。那个被荻荻揣测想火的女人,是她的妈妈。怀里的星星抱不稳了,眼中的星河也流了下来,仿佛又回归了宇宙原始的混沌。

"怎么能是你! 怎么能是你……"心都要裂开了,完全想不通这个女人为什么能如此自私地把她抛弃,"你也太不负责任了吧!"

"可是妈妈,我好爱你。"

你,是我的另一部分生命。

圣诞老人,这是你的魔法吗?荻荻知道了,再也不会贪玩了,以后都好好学习,不像其他孩子那样叛逆了,荻荻保证会成为你的骄傲,所以妈妈,能再陪我一天吗?活了十几年,却还没来得及对你好……

是荻荻太贪心了吗?算了,什么都不要了,就换妈妈你再对我笑一次可以吗？一次就好，或者，让我再对你笑一次吧……

不知过了多久，等她再回过神来，身体已经站在了医院的走廊里。到处都是刺鼻的消毒水味，以及穿着白大褂的人。行尸走肉地活，四处皆如太平间。

踉跄着向前走，直至被一位医生拦住。他看上去很疲惫，眼睛里布满血丝，似乎也听闻了荻荻母亲的去世，反复说着节哀。

"我是亲眼看见她走的。"

"怎么可能？"医生奇怪地打量着女孩，"手术室不让进人。"

"……知道了。"

错乱之间，她竟听见怀中的星星说出了话："只剩下一只方糖了。"

"不对，是一块方糖。"荻荻使劲抹了抹脸上的泪水，吸了下鼻子，在医院里转了起来。她不知道自己还能去哪，却仍想假装有家可回。一遍遍地兜圈子，甩开了几个试图帮忙指路的大人的手，直到恰好碰见了打电话的黑雀斑。

"看我朋友圈了吗，尸体全照下来了！死的可真丑。

"实不相瞒，就是我把她喊下来的，哈哈哈！

"积点口德吧,不过这女的真够晦气的!"

他耀武扬威地对电话那头说着,完全没注意到擦肩而过的女孩瞬间咬紧的牙关。

回到家后,小姨讲述了事情的完整经过。

方韩为了给方启国筹钱做手术欠下巨债,本想着丈夫平安就好,结果上午的手术竟然失败了。倾家荡产的方韩接受不了这样的双重打击,又想起还要独自抚养年幼的孩子,便几近绝望地拉着小姨到天台哭诉。

风沙沙作响,小姨想去拿两件外套就先回病房了。楼下的人看方韩一个人在楼上哭泣,以为她要自杀便开始起哄,把一个试图活下去的人逼得万念俱灰。

这样反而能说通了。妈妈是因为接受不了爸爸的离去才选择死的。但是,荻荻宁愿说不通。事实上,她已经有些麻木了。第一位亲人的去世痛彻骨髓,而之后的离世带来的感受更多的是荒谬。

荻荻将自己锁在漆黑房间的角落里,抱着一颗星。

"小星,你也终将离开我吗?"

"不会的,只要你允许我存在。"

"黑雀斑到底为什么想让我妈死?"

"他的心腐烂了。"

"小女孩杀掉成年人，需要怎么做？"

"奉上一颗心。算了吧，仇恨没有止境，我不想看你面目全非。"

"小星，人们都觉得你只是个玩偶，但我相信你有灵魂。"荻荻轻轻地亲了它一下，眼泪浸湿了一抹深蓝。

"谢谢你，荻荻。我也感受到了你的灵魂。"

黑暗里，女孩怀中的星星发出了淡淡的光。

然而，荻荻并不甘心。一周后，她想方设法得知了黑雀斑常去的病房号，那里一共有四位病患，其中一个是黑雀斑的女朋友。从周六早上等到周日下午，当再次看到那男人的身影，荻荻用左手推开病房的门，右手在斜挎包中握住了刀。

"回来了？"黑雀斑正玩着手机，转头见不是所想之人，表情顿时变得不耐烦，继续玩起了手机。

"去死吧！"荻荻在心里喊着，同时攥紧了包中的刀。妈妈，你离开时睁着的含泪的眼，将由女儿来轻轻拂拢。这是我能为你做的最后一件事了，终结所有遗留的恨，捎去清风与安息。

然而，时间一分一秒地过去，刀仍然在书包里。双手好似被无形的力量按住了，怎么也抬不起来。她从未想过自己竟会如此懦弱，明明离成功只有一步之遥，却胆怯得发抖。

"小妹妹,你怎么了?"一道女声突然从身后传来,荻荻惊恐地回头——是个穿着病号服的女子,即使面色苍白仍能透出几分明艳动人。

"没,没事。"荻荻心虚地后退了几步。明明连刀还没能举起来,却仿佛耗光了所有的力气。

"破娃娃都脏成这样了,扔了算了。"黑雀斑看着女孩左手握着的星星。荻荻这才注意到星星已脏得面目全非。

离开医院的时候,她万念俱灰地将星星扔在了走廊的一个垃圾桶内。

直到晚上,才在医院外的树下猛然回过神。疯了一样地冲回医院,然而她再也找不到那颗星星。

"对不起,对不起……"女孩狼狈地哭着,心里空荡荡的。

就这样,胆小鬼弄丢了最爱的星。

一个毫无生气的玩偶,甚至被洒得有些脏了。但对于荻荻来说,这是宇宙间独一无二的星辰。既然赋予了意义,就要守护好这份意义。

人终将老去,可这个幻想的知音能陪她走到世界尽头。只要心还在跳动,便不会迎来生离死别。这有些幼稚,但也足够浪漫。

小星,谢谢你来过我的世界。你是我生命深处分裂的柔软,亦是最后的退路。或许,我深爱着你眼中的倒影,而那正是我自己。

晚上,女孩做了个梦,她通红着双眼,抱着残缺不堪的星。由于几经磨难,它已被尖锐的东西划破了,棉花轻柔地飘飞在空中,恍惚间却听到什么东西重重地碎了一地。

"为什么要扔掉我?"

"这是个意外……"

"不,它是一场终将到来的成年礼。从今天起,你不再是孩子也不再需要我了。"

"小星,我一定会将你缝好的,"小女孩泪流满面,"我们要一起活!"

"可我不能再发光了。荻荻,你知道吗,每个孩子都会遇到一颗星,只是告别的方式不同。好在成为大人就能学会遗忘,如此便不悲伤。"

之后的日子,荻荻仍在试图报复黑雀斑,但她毕竟只是一个小姑娘。孩童的把戏在大人眼里犹如过家家。许多天过去,荻荻无计可施,对方毫发无损。

直到有一天,无意间点进了圣诞节录的视频。各色人的笑容尽收机底,街边播放的欢乐圣诞歌成了最后的哀悼。黑雀斑怂恿呐喊的身影在镜头中出奇清晰。

多少人以正义之名诅咒太阳,却任凭自己的怒火烧毁人间。如果乌合之众可以杀死妈妈,一定也能杀死黑雀斑。

获获把视频发到网上并写了叫人声泪俱下的长文,写作才华可算得到了发挥。这段视频竟飞快走红,上了热搜榜。

忽地想起那个医院的晚上,她画了卡通版方糖象征一家三口,还说要把它当成商标。看着不断增加的粉丝,不久后获获将头像换成了卡通形象,名字也改成了"爆料方糖"。

黑雀斑遭到了全网谩骂。愤怒的网民们不仅人肉出了他的家庭和单位地址,还把他打成了重伤。他刚刚有点起色的工作也丢了。事情的发酵让获获第一次尝到了甜头。没想到轻轻敲几下键盘会有这么大的威力。原来这世上最能伤害人的不是尖锐的刀锋,而是柔软的唇舌。

一个风和日丽的下午,黑雀斑心爱的女友也迫于舆论压力提出了分手。他终于承受不住,万念俱灰地站上了医院的顶楼,那正是方韩跳下去的地方。似曾相识的场景,又好像有了些许不同。

楼下是大海一般的人群,他们骂着这个想自杀的人,和骂方韩的话语如出一辙。恶人自愿走上了断头台,更多的人自愿变成了恶人。获获站在人群中央,静静地看了很久,继而张开了嘴:"跳一个!"

那天，一个孩子的心彻底死了，和被她扔掉的星星一样。只能在无数个没有光的夜晚，将泪水揉进内心，告诉自己，一无所有亦是无穷。

20

雨城墓地依山而建，各式墓碑从远处看好似一道道生死之门。梅雨三人坐车来此时，天气骤变，铅灰色的云沉得仿佛能落到墓地里去。陈艾玲的故乡是竹木镇，人却葬在雨城。说来心酸，她的奶奶只是想让孙女能在地下过得安宁，不被那些自诩善良的市民搅了清净。

很快就找到了陈艾玲的墓碑，上面没有一点尘埃，像是经常被人打扫。她们在碑前放了一大束鲜花，又纷纷对碑上的照片说着往事与新事，但愿那个早逝的姑娘能够听到。

在墓地待了十几分钟，就在周杏白准备说离开的时候，来了一个背着相机的高个男人。他将一束马蹄莲放到了陈艾玲的墓前。

"好巧呀。"刘清烟走到那人身旁，对两位室友介绍道，"这是李有成，我的初中同学，玲玲的青梅竹马。"

"你好，我叫周杏白。"

"我是梅雨，很高兴认识你。"

"小雨，我们见过的。"

"你这么一说我想起来了。"梅雨歉意地笑着。

"我曾经让你给小玲送过柠檬柚子茶。"李有成说。

"好像是的。"

刘清烟发现了漏洞:"哎?玲玲不是讨厌柠檬吗?"

"口误了,蜂蜜柚子茶。"李有成始终盯着梅雨,"我能单独请你去喝杯咖啡叙叙旧吗?"

梅雨答应了。临走时,周杏白悄悄对她说:"小心点,有事随时电话或微信,小烟晚上有事要先走,我目前没什么安排,可以一直在隔壁的书店等你。"梅雨诧异地看了她一眼,点了点头。

到了咖啡店,二人分别要了一杯苦咖啡。在李有成付账之前梅雨就眼疾手快地递给了服务生一半的钱,这样不贪图男人小便宜的作风倒让人多了分好感。李有成的语气缓和了些:"我记得你以前一点苦都受不了,只爱点草莓奶茶之类的。"

"人总是会变的,"梅雨想起一件事,"坟墓上的灰全是你擦掉的吗?"

"我住在附近,经常会过来坐坐。"

"辛苦了,你和玲玲是情侣……"

"不是。"李有成摆了摆手,又看了眼手表,"我大概还能聊半小时,因为一会儿要把中学时为小玲拍的照片给她奶奶送去。"

"好的。我能欣赏下这些照片吗?"

李有成犹豫了一下,还是将一个白色的小袋子放到了桌上,里面是一摞照片。

梅雨拿起几张,不得不说拍得都很惊艳,尤其是对光影的捕捉。其中一张是两个女孩吹蒲公英的侧脸,很美。有些是纯粹的黑白景物摄影,"这几张也是给奶奶的吗?"

"……对,我觉得这些景物的气质很像玲玲。"

梅雨盯着手中的照片,一朵黑白色的破碎的花,落进了灰色的池子里,从拍摄的特殊角度看,像是一只海里的船。这张黑白照给梅雨的感觉更多的是压抑,美丽的压抑。在李有成的心里,陈艾玲是这样的韵味吗?像是着了魔般,一个问题脱口而出:"案发那天,你在哪里?"

李有成愣住了,反应过来后眼神开始闪躲:"怎么突然问这个?"

"你在哪里?"梅雨不依不饶。

"太久了,"李有成像是抓到了救命稻草,声音也越来越大,"我怎么可能还记得清?"

"放松一点,你记得,那天你就在小树林,对不对?"

"我……"

"您的苦咖啡好了。"服务员的声音忽然插了进来。

虽惋惜于错失良机，梅雨还是对服务员说了句"谢谢"。

李有成如梦初醒："你是在重新查那个案子吗？"

"差不多。不好意思，我最近有点走火入魔，见到跟陈艾玲有关的人就会习惯这么问……"

"没事。"李有成端起咖啡，淡淡的热气浮在面前。

"聊点别的，你这些照片拍得好棒，而且我看你现在还背着相机，难道是摄影师？"

"是的。"李有成从口袋里拿出一张名片，"我在这家摄影馆工作，对了，你案子调查得怎么样了，有进展吗？"

"有嫌疑的人很多。"梅雨如实相告。

"哦，我倒是觉得大可不必如此执着。"李有成打开相机，翻出今早的拍摄内容，"你看这两张照片里的花，一个正在盛开，一个即将凋零。但事实上，它们是同一时刻的同一朵。很多时候，真与假其实是因为角度不同。"

"但真相只有一个。"梅雨喝完了最后一口咖啡。

离开咖啡厅后，前往了和周杏白约定的书店。

"杏子，你为什么觉得李有成会害我？"

周杏白合上书："他跟你说话时，脚尖很多次都明显往外移了。一个人的表情可以伪装，脚步却不会骗人，那说明他根本不想与你交流。在这种情况下还约你喝咖啡,太匪夷所思了。更何况,他摸了好几次鼻子,那是说谎的明显小动作,又像是在试探什么。"

"哇,你是福尔摩杏吗?"

"那你就是华生雨咯?"周杏白轻敲了下梅雨的头,"只要不伤害别人,心机就是聪明。而且小雨,我觉得……"

"怎么了?"

"这个案子真的能查清吗?"

梅雨沉默了。周杏白深呼出一口气,说:"我这学期也经常会想玲玲的事情,但最近越来越觉得,比起已经过去的案件,是不是更应该珍惜现有的生活,毕竟……就算找到了凶手,玲玲也不可能重新活过来。"

见梅雨依旧低着头不说话,她接着道:"我们只是学生又不是警察,抓到凶手的概率微乎其微。就算遇到了凶手,你找得到证据吗?况且我很担心你,那个杀人犯能聪明地嫁祸给陈艾玲,就能聪明地……"

"难道就这么算了吗?"梅雨唰地抬起头,"杏子,相信我,再给我一点时间,我会找到凶手的……快了,快了……"

真相已经在路上了。很快就到了计划中见小美的时间。

傍晚,梅雨拨通顾澈的电话,像约定好的那样,跟他一起去询问这个女生。

"监控我偷偷看了,那天在巷子里跟着你的人的确是她。"

"谢谢。"梅雨笑道。

其实本不需要给小美拨打电话,直接看监控就好,但开始的她并没有想到这一点,况且不知道是否真的有办法看到监控。

小美独来独往没有朋友,从来不住宿舍而在校外租了个小房间。梅雨跟着顾澈来到这,敲了敲门,半天没有动静。就在他们猜想里面没人时,大门张开了个小缝。

"小美……"刚说两个字,门就要被关上了,眼见着最后的缝隙也要消失,梅雨眼疾手快地上前推门,却发现根本挪不动分毫。更让她惊讶的是,当门打开时对方竟然向外捅出了一把刀!

"天呐!"梅雨大惊失色,难道小美每次开门都拿着刀吗……不知所措间,顾澈快速地夺过刀扔到了一旁。

"啊!!啊——"小美突然尖叫了起来,梅雨扫了一眼两侧,目前还没有邻居被惊动。"你别叫,别害怕,我们不是要害你。"

半晌,小美才停止了叫声,狼狈地坐在门口地上。梅雨有点惧怕小美这种状态,总觉得下一秒什么危险的事情都可能发生。

"到底为什么要跟踪我?"梅雨叹了口气,蹲在她面前。

"因为你不来找我了。"

"你说什么?"

"因为你不来找我了。"小美重复着这句话,直勾勾地看着梅雨。顾澈不明所以地注视着她们。

"我们曾经是朋友。"小美说。

"……"梅雨盯着她的眼睛,觉得不像说谎,但她着实不记得在哪交过这样一个朋友。皱了皱眉,站起身拉了下顾澈的外套袖口,"算了,我们走吧。"

"其实可以再问下,说不定……"

梅雨还是摇头,固执地说:"我们走吧。"

21

听说过喜欢捉迷藏的花朵吗？它们往往躲于黑暗的心脏，一旦有充足的水分与阳光，就能竞相生长汇聚成大美茫茫，这便是梅雨期待已久的乌托邦。

她打算下周回初中母校看看，见顾澈正好要去那附近找个东西，便结伴而行。

雨城是座沿海城市，但经济落后，梅雨的初中距离那片没开发的海岸只有几公里，也算是位于郊县地带了。

到达学校周围后，与顾澈分开，梅雨独自走向了教师办公室。

"请进。"

"徐老师好，找您有点事。"女孩推门而入，一个精神矍铄的老头摘下鼻梁上的金边小眼镜，吃惊地打量着来人。

"你是梅雨吧？大姑娘啦，以前可是瘦瘦小小，经常被人欺负呢。"

梅雨一愣，没想到徐老师这么说，为免尴尬，连忙接了句"年轻的时候大家都不懂事，难免的"。

"小雨长大了啊。"午后的阳光像瀑布般冲刷着空气中的尘埃,照得房间里亮堂堂的。女孩摆摆手笑道:"您放心吧,我不仅前进了一步,还得到了海阔天空。"

二人相谈甚欢,等到梅雨想起来看表已经过去一个小时了。与徐老师告别,走出办公室没多久就见到了顾澈,他穿着宽松休闲的衣服,正倚靠在运动场边的围栏上看一本书。

"找到东西了吗?"她边说边来到他身旁。

"就在旁边公园的土里。"顾澈递给梅雨一个盒子,里面有一堆毛巾被的丝线,像是被人拿胶水特意黏过,纠缠在一起很像一朵橘色的花,"送你了。"

"所以你刚刚是去挖土了?"梅雨大吃一惊,"为什么给我?"

"边走边说。"

二人离开学校,往地铁站的方向走去。街边行人匆匆,车也急促。

"这个世界真像一辆永远提前发动的火车,"梅雨快步走着,"那朵花究竟是怎么回事?"

"曾经有个朋友让我将它埋了。"

"那个人我认识吗?"

"你曾与她周旋许久。"

"我……"梅雨一头雾水。

轰隆隆——天边忽然闪烁白光,随之迎来一道雷声,雨就这样倾盆落下。

天气预报说过是晴天,梅雨和顾澈都没有带伞。这里距离地铁站和学校分别有十五分钟的路程。

"先找个地方躲会儿雨吧。"梅雨拉着顾澈向前跑去。不远处的亭子占地四五平方米,中间有个小石桌,桌旁是四个石凳。狭小简陋的空间在大雨里好似一处避世的桃花源。

相对而坐,天边雷雨不停。雨城名副其实是全国下雨最多的城市之一,一年四季都对雨水有着独特的情愫,在冬季下出雷阵雨也不足为奇。

"顾澈,你是哪里人?"

"雨城。"

"我老家在竹木镇,一个永不开花的地方……"梅雨若有所思。一道微弱的闪电往她脸上洒下了明亮的白光,转瞬即逝。

"心怀故土,四海为乡。"顾澈声音冷淡,话中的意味却格外温暖。

轰隆隆——又一阵雷声响起。

"怕不怕?"

"啊?"梅雨一时没有反应过来。

"我高中班里的女生都怕打雷。"

"这有什么可害怕的？雷声分明是老天爷畅快淋漓的笑啊。"

"也对。"顾澈注视着她，怎料对方逃似的低头玩起了手机。微信里有一条刘清烟发来的消息。

——小泽想复合但我没答应。

简单回复了几句，梅雨放下了手机。她不想让外面的事情干扰此刻与顾澈独处时的安宁，思绪却在刘清烟的故事里收不拢了。

"怎么了？"

梅雨回忆起舍友的遭遇，叹息道："如果让我给人生编个剧本，只希望那里的爱情能多一点纯粹，没有莫名其妙的恶意和心机，哪怕最终不在一起。"

忽地想到同室的几位小姐妹都谈过恋爱了，唯独自己对爱情一片茫然："顾澈，认真说，你有喜欢的人吗？"

"有，九年了。"

"九年？"如今这个功利浮躁的社会，还会有这么单纯长情的爱吗？梅雨像是遇到了一只濒危动物，"爱一个人是什么感觉？"

"捧着一碗星星，不知道夹给她哪一颗。"

"哎？都给她不就好啦？"

"若得到的星星太多,过分的灿烂会刺伤她的眼。"顾澈的声音在雨声中显得清冷又沉重,让梅雨有些恍惚,她问:"爱难道不是热情吗?如果我喜欢一个人,肯定会想每分每秒都跟他在一起吧。"

"爱并非毫无保留。爱是欲言又止。"

22

梅雨曾幻想过很多次该怎么帮刘清烟稳定冲动的情绪，但她从未想过，周杏白会成为那个歇斯底里的人。

某个午夜，积压已久的矛盾终于爆发了。

窗户没有关上，窗帘被吹了起来，鼓囊囊的，像是卷进了一个人。三个女生坐在宿舍里，都很茫然。还有一只灰色的猫。

缘由是令人窒息的——周杏白的插画师好友严朵也被方获爆料"抄袭"了，她因此几近崩溃。按说这女孩做事温和，从来不得罪人，唯一的可能便是那次被顶替的约谈。

梅雨都快忘记方获这个嫌疑人了，毕竟小美和郭杰总是会在学校里出现，而方获带来的感受更多的像是一场梦。现在，这成了最大的噩梦。

周杏白挂掉严朵打来的电话，面红耳赤得想哭。她完全无法面对这个女孩。只要是课本上写了的知识她都能考第一名，但没有一本书教过这种情况该用哪个解法。"我说过吧，这件事情不好调查！它只会牵扯越来越多的人！"

"这也不是你的错……"刘清烟小声说。

"那难道是严朵的错吗?"周杏白站起了身,红着眼睛打开电脑,"你们以为我不想帮陈艾玲吗?! 就因为她,我连论文都写得分心!"

"你可以不管这件事,安心学习就好了,剩下的交给我们。"梅雨说。

"怎么可能呢? 你天天疑神疑鬼地,坐在宿舍里都觉得窗户外面有人,我能不被影响吗?"

"还有你,刘清烟,我不像你会投胎,我来到这个学校真的很不容易,等赚了钱还得将它寄回老家。你们这些城市里的孩子,根本无法想象什么才是深渊。"

"杏子,你别这样……"

"事到如今,我已经仁至义尽了!"周杏白说着坐在了椅子上,眼泪猝不及防地流了下来。

"况且,说不定,说不定陈艾玲就是……"

"周杏白,连你也觉得是她杀的人?!"刘清烟生气地站起身,一脸不可置信,甚至想立刻冲过去揪起她的领口。关键之时,梅雨拉住了刘清烟的胳膊:"算了,烟烟。"

"杏子,没关系,我和刘清烟出去租房子吧。"

周杏白犹豫地看着她,一时不知说些什么。

"我可以再提一个要求吗?"梅雨问。

“你说。”

“帮忙照顾好豆包。”

周杏白单手捂住嘴，眼睛又红了起来，哭得更厉害了，但没有发出任何声音。她也很想帮陈艾玲申冤，可生活很现实，并不允许每个人都去当做梦的小孩。她其实早上了一年学，是三个人里最小的，但总是会因为性格成熟被误认为姐姐。同时也最明白，比起案件，还有更需要她担负的责任。

还记得十八岁成年礼那天，正好是录取通知书下来的日子。妈妈给她刷了好久的白鞋，想让她干干净净地去过星空里的生活。而周杏白无比清楚，真正的星空其实就在从小生长的这片泥潭里。

离别的那天，她背着白色的书包，穿着白色的鞋，坐上了火车。妈妈在外面看着她，欣慰地笑了，像是电影里的慢镜头。那样含着泪水的灿烂的笑，她一生都忘不掉。

或许，她拼命学习并不是为了走出那片落后的乡村，而是为了有朝一日，有能力带妈妈看一眼更远的地方。

几天后，两个女孩搬走了，宿舍里只剩下了周杏白与一只猫。

阴差阳错，她们租到了小美的小区。所幸不在一栋楼里，不然梅雨真的是要有阴影了。两个女生住，热闹少了些，心也更静了。几个月前她绝对想不到，与自己一起住的人从周杏白变成了刘清烟。

这个小区环境很差，卫生也不够好，甚至连邻居都不太有素质，经常把垃圾堆到楼道里好几天。唯一的优点，就是租金真心便宜。

彻底适应这里的生活，花费了好多天。直到12月31号，一个永远受人垂青的日子。即将步入新的一年，整个雨城都弥漫在绚烂的光影之中，连死气沉沉的树都张灯结彩，仿佛在这个热闹的节日中重生。刘清烟回家陪父母看元旦晚会，而梅雨跟余小阳早就约好了今晚一起去看烟花。

傍晚时分，她精心打扮一番，难得披散了长发。走出宿舍，在楼下等了很久。当她疑惑地打开手机，这才察觉余小阳早在几个小时前就发来了信息：

——姐姐，对不起啊，晚上没法过去了。我有个好兄弟刚刚腿被打骨折了，这里没有别人只能我带他去看急诊。

梅雨正想把"又打架了吗"发出去，手指突然一顿，将这些字全部删掉换成了"没受伤吧"。

余小阳的消息回复得很快。

——哈哈哈没有，你还担心我？要不你也别去了，别回头人家看烟花的场景是少女漫画,你看烟花是暴走漫画。

　　——我傻了才会关心你小子!

　　手机那边,余小阳有点尴尬地看向胡彦辰。对方夹着根烟倚靠着小巷的墙,侧着头观望街边车水马龙。"我算是服你了,亏了我路过,否则还不得把你腿打折……"

　　"那群混蛋欺负一个外地人,我总不能视而不见。"余小阳拍了拍额头上刚包扎好的伤口,感觉没太大问题,"你这么晚回家没事吧?"

　　"他们根本不管我,我爸估计还在应酬。"胡彦辰扶起余小阳,掏出手机打算叫一辆出租车,"先去医院吧。"

　　"别!再有一个多月就过年了,想给我姐买个新年礼物,最近得省钱。"

　　"靠,智障吧你。"胡彦辰没好气地骂道。

　　梅雨不愿闷在家里,决定独自逛街。雨城中心的几座标志性大楼正在播放电子烟花。一路走着,看见人们大多成群结队,不禁有些孤单,但转念一想,身边有朋友也不一定不孤单。更深的孤独大概就是,表面嬉戏打闹,实则强颜欢笑;明明并肩而行,灵魂却擦肩而过。

无所谓了，如果寂寞一定要从不经意的角落如风般袭来，那就张开双手，拥抱它。

"梅雨。"耳边传来顾澈的声音，女孩惊喜地转身。果然，像无数凡夫俗子一般，她并不是真的想拥抱寂寞。

刚想说些什么就听到一阵钟声，众人纷纷望去。

"这是从桃源寺里传来的，"顾澈说，"每逢新的一年，无论阴历还是阳历，桃源寺都会这样敲钟为众生祈福。佛经上说'钟声闻，烦恼清，智慧长，菩提生'，所以敲一百零八下钟便象征除尽所有烦恼，一年中化凶为吉，平平安安。"

"如此甚好。"女孩呼着白气，像是呼出一团破灭的烟火。她灿烂地笑着，比烟火还美。

"今天晚上有安排吗，要不要跟我去一个地方？"

梅雨没料到顾澈带她来的地方竟然是海边，而且就在她的初中附近。那是片还没开发的海岸，伴随着一个流传许久的鬼故事。故事真假不知，但这里的确很少有人进出。

"要过去吗？"她有些不安。

"嗯。"顾澈轻车熟路地翻上了高墙，"踩着你周围的石头群上来吧，我拉你。小心一点。"他穿着宽松衣服，戴着黑色鸭舌帽，坐在墙上笑着，仿佛一个逃课的学生。

梅雨点头，踩着块块石头往上走，而后抓住了顾澈的手。

他将她扶稳,轻轻一拉:"转过来,再踩着墙那边的石头下来。"

就这样,他们翻过墙,来到了沙滩上。一望无际的暗黑的海,以及空无一人的静谧,像是一片疏离的岛屿。

"走。"顾澈在前面带路,梅雨看着那背影,觉得他与这片海岸很相似,也许是因为沉静中流淌的不羁,也许是那份对于世间的出离。

两人一前一后地走着,踩着细碎的沙子,最后停在了一间小木屋前。它看起来脆弱又破旧,仿佛一经触碰就会轰然倒塌。

走近一看,木屋的门上挂着一个字迹斑驳的吊牌,写着"大堂邮局"。

"大堂?"梅雨忍俊不禁,"还有这种邮局?"

顾澈默不作声地进入小木屋,娴熟地从屋角的木箱中拿出几支蜡烛,点燃了放在桌上。黑暗中出现了一小片明亮,隐约能看清有好多个溢满了信的箱子。梅雨坐在窗边的椅子上,望着海浪冲刷岸边,有种说不清的安心。她闭上眼睛,笑着说:"好喜欢这样柔和的海风。"

顾澈将鸭舌帽压低了些,像是想起了什么往事,也轻声笑了:"晚上的风其实是从陆地吹向大海的。"

"这么神奇吗?"

"最基本的高中地理，我看你是全忘了。"

梅雨条件反射般大声道："我记得清楚着呢！"

"哈哈没事，反正也不考试了。"蜡烛被风吹灭，顾澈又点燃了几支，摇曳的光映着二人的脸庞。

"你真的好熟悉这里啊。"

"小时候经常来。"

"自己吗？"

"还有一个女孩。"

梅雨了然，他说的应该是顾芮。"这么多年过去，小木屋竟然还没有被拆掉。"

"是啊。这里几乎没有人来。"

"是因为那些鬼怪传说吗？"

"也许吧。"顾澈从箱子里又翻出了几袋布丁，"吃吗？上周来这时所以放了些。"

梅雨摇了摇头，她现在不喜欢草莓味的一切。"这木屋可真是麻雀虽小五脏俱全，不过，要不要出去走走？"她向往地看着流动的大海。

"好。"

雨城的气候不浓烈，冬天也很恬淡，没有刺骨的冷。梅雨脱下鞋，将裤子卷到膝盖。顾澈站在后方，注视着她向大海走去。浪花此起彼伏,涌动着暧昧的诗意。

"快来呀。"

她光着脚站在海水里,上半身微微回转,双手在背后相握,笑着看向他。海风吹起乌黑的发,暗色的天空下,真美。

顾澈走到她身旁,蹲在海边,撩起袖子,用手纷扰着海水的波痕。

"真想拿相机拍一下。"女孩喃喃着。

"没事,大海替你拍了。"

"什么? 呀!"梅雨还在反应着他的话,一片海浪就猛地拍了过来,没过了小腿,"也不提醒我一下。"

"提醒你了啊,哈哈哈。"

"喂,笑什么呢,哈哈……"

苍茫的世界只剩下了两个身影,梅雨忽然觉得,若是一生如此度过,似乎也不错。偶有海流将她冲淡,在狭小的无穷中自由地活。

"想想第一次见你的时候,感觉像上辈子一样,"梅雨说,"你当时为什么去桃源寺当义工?"

"我跟云尘法师关系很好,他是一位很值得敬重的老和尚。"顾澈甩了下手上的水,站起身,"他教会了我何为芥子须弥,不过有些观点,我们始终抱有分歧。"

"比如呢？"

"他说要想修行无上功德，还是得去海角天涯。"

"天涯不在远方。"女孩柔柔地说着，又指了指身旁，"天涯就在这。"

顾澈转过头，刚好看见梅雨在对着他笑。

"是啊，就在这。"

就这样静静地对视了很久，像是找到了一个知己，又好似遇到了一位故人。大海的歌谣逐渐远去，她注视着他的眼睛，只觉得耳畔有内心深处的回声。

23

一晃若干天过去,那一夜的怦然心动犹如石沉大海,案件调查也一筹莫展。原因是梅雨有几篇学年论文要忙,期末考试将近。

某天晚上,跟周杏白打起了电话,分别讲述了些最近发生的事。周杏白想一毕业就考心理咨询师证,而梅雨打算从事艺术史方面的研究。事实上,梅雨一直在准备第三次雅思考试,想要出国深造。她需要刷新成绩以争取奖学金,每日三点一线倒也充实。对于有准备的人而言,考试是值得期待的。

梅雨算不上学霸,在班里从来没有拿过奖学金。她更关注的是雅思成绩,这一次她没有辜负自己,考了 7.5 分。通过官网知道成绩时,简直高兴得快要从床上蹦起来!

最棘手的雅思成绩已过,剩下的事情按计划完成即可。放眼望去,皆是一尘不染的未来。在欢欣与期许中,她再次收到了 Mr. Blue 的信。

小麻雀:

　　那个小男孩抢东西的梦境着实感人。对视是一种无言的灵魂交流，能让我们逃离许多悲伤风云，可惜人们总是各言沟通，哪怕只是一个眼神。这大多源于孩童时代的教育缺失。学校告诫孩子什么是恶，却没有教会他们什么是美。

在此，我想与你分享一段高中时期的真实经历。

某次英语课，同学们轮流读新一模块的单词。Honesty你肯定知道，是正直诚实的意思，首字母不发音。老师为了让我们牢记这个词，带大家一起读了十遍。

而后便是班会课。为了展现学校的活动丰富以利于来年招生，班主任必须在结束后上传班会照片。班干部将U盘插到了讲台电脑里，把班会PPT拷贝进去，宣布开始。第一个节目是王悦表演的葫芦丝。

她拿着葫芦丝走上了讲台，举止端庄优雅，班主任连忙拍了下来。就在我们期待着演出之时，王悦不好意思地说她只是被拉来摆拍的，那支葫芦丝早已坏了。由于临时接到了上传照片的通知，我们必须像听过演奏般为王悦鼓掌。

接下来是宣传委员郑岚的朗诵节目，他挺直腰板走上前，手中的发言稿其实是几张数学草稿纸。他想直接摆拍，班主任却不同意："你张嘴随便说点什么吧，这样抓拍的效果才真实。"

郑岚没有背唐诗宋词或者名人名言,而是在情急之下大声喊出了 honesty。由于英语课被纠正多次,他对这个单词印象极深。读 honesty 时嘴会出现好几个形状,一直读还真像是在朗诵。为了避免被发现口型重复得太明显,郑岚时快时慢地读,时微笑时严肃地读。同学们哄堂大笑,班主任觉得这大笑的场景很真实于是连着照了好几张,以此作为之后情景喜剧的观众摆拍。

每当回想起当日场景,难免感到悲伤。要想提升国家的整体素质就必须提高教育水平,但这并不意味着每天让学生背诵道德规范书,或是给老师进行洗脑不洗心的形式主义培训。真正的教育,是让孩子懂得美,是给他们细水长流的爱。

第 86 份祝福

Mr. Blue

1 月 16 日

梅雨思索了好一会儿才落笔回复。在信中她除了顺着 Mr. Blue 的思路批评了当下的教育,也谈到自己最近对南唐后主李煜的词非常迷恋。接下来,她脑洞大开,说如果人死后会变成一颗星，而未来的技术能够将人送上任意星球，那么即使在时间上不能回到过去，她与李煜的距离也终能近如咫尺吧。

　　所有繁星都不过是另一个城市的灯火。在信的结尾，梅雨还为 Mr. Blue 附了昨日读到的一首诗。这是小词年轻时去牛津看望父亲，在泰晤士河畔观赏完音乐剧《悲惨世界》后写的《在伦敦》。

人间的路

一贫如洗

在威廉·特纳的画中

被救赎的黑暗

冉·阿让跟着天使走了

留我徘徊于

悲惨世界

匆忙又彷徨

捡起各处倒悬的暗影

汇聚成光

24

梅雨在草莓笔记本上梳理案件。盯着几个嫌疑人的名字，下意识地转起了笔。她本来已经不太怀疑方获，但严朵被爆料的事情，或许间接证明了方获是可以选择发生事件的人的。

不过，比起方获，她最怀疑的人仍是小美。对方的跟踪至今意味不明，那次给的理由不知是真是假。无论如何，这是个很危险的人物，随身携带着刀具，指不定会做出什么事情。

即使刘清烟总觉得郭杰不对劲，梅雨还是不太怀疑他，或许是因为最近对作案手法有了些灵感，快要戳破最后的窗户纸了。等到完全想通作案手法，可能就会彻底排除掉郭杰的嫌疑。

但不管怎么说，这三个人多多少少都有问题，并且一定有人在说谎。更何况，除了方获当时被奶茶店的监控拍到——更像是指使别人作案，其余二人都没有充分的不在场证明。

想了半天也没想明白，合上本子，决定出门找找线索。穿上羽绒服，来到小区，冬的气息萦绕在每一次呼吸里。不知不觉走到了小美的楼下，正想赶紧离开，却发现小美正站在窗前看着她。

而与此同时，更无比瘆人的是，她忽然又感觉到了身后有人在跟着——心都要跳出来了！不顾一切地往身后跑去。梅雨实在不想继续生活在恐惧里了，只想立刻找到究竟是谁一直在跟着她！

对了，这才对了！怪不得她总觉得小美不是那个人，或者说不完全是，因为那个真正恐怖的人，根本就不是小美！这也是为什么那次与顾澈来到小美家，她不愿再追问，因为下意识地觉得另有其人！

到底是谁？不要再躲藏了，站出来吧，难不成还怕她一个女孩子吗?！心脏怦怦直跳，紧张得快要窒息了，想起破案以来一直放在包里的防狼喷雾，才多出了几分底气。

梅雨环顾四周，察看摄像头的位置。虽然对方所在的位置监控拍不到，但她会一直保持在能被拍到的范围里，只要那人还留存着几分理智，就不会贸然动手。短暂的时刻里，她甚至想好了最坏的打算……飞快地冲向刚刚感觉到的位置，却只有一个拎着广场舞装备的大妈。

"您好，请问刚刚这里还有别人吗?"梅雨焦急地问。

大妈被她突然冲过来的举动吓了一跳，赶紧抱着装备后退几步："没有啊，你想干什么?"

梅雨连忙摆手："不好意思我看错了!"四下环顾,怎么也找不到那个跟踪的人。无力地站在原地,又恍惚地看向小美窗户的方向,发现她也一脸疑惑。

"都要迟到了真是的……"大妈小跑着离开了。

那天过后,梅雨每逢查案都要再带个人,空闲时间里更急迫地翻阅起各种关于破案的书。其中《动机与现场》让她感悟颇深,甚至在上面写满了该怎么追查凶手的巧思。

辩论社这学期的活动已然结束,但有些经费还没有用完,于是决定带着社员"腐败"一次。通知下得仓促,地点选在学校附近的江南餐馆。

显然这顿饭大家等了很久。当天晚上,梅雨赶到包厢时人已经来了一半。她坐到顾澈身旁,刚想打句招呼就被正对面的郭杰吸引了注意。今天来这里,最主要的目的仍是观察可能的嫌疑人。

辩论社的成员逐渐来齐,在一个大包厢里相互开着玩笑。社长热情地斟酒,梅雨再三推辞还是被倒了大半杯。她有点担心自己的酒量。

气氛越发活跃起来,男生们在拼酒,一眨眼灌倒好几个。社长开始酒后吐真言,说对初恋念念不忘,想在毕业后重归于好。

学期将尽的时候，大家似乎格外喜欢聊梦想。郭杰打算进入一家公司积累经验，最出人意料的是一个黑毛衣女生，明明是经济学专业却决定努力转行当律师。有个叫王塘的男生颇有规划，从小立志成为卓越的工程师。梅雨问向顾澈，本以为他读硕士是打算将来搞研究，没想到这个男生竟然愿意给小朋友当一辈子的钢琴教师。

回忆起第一次去琴行听他弹琴，仿佛就在昨天，而眨眼间已经一起经历了这么多。时至今日，梅雨仍记得那冷冷琴音中深入人心的悲伤与纯粹。音乐真是美好，无需言语，就道尽了全部；哪怕仅绽放半刻光芒，都能让人置身于整个宇宙。

正当众人聊成一锅粥时，最先被灌醉睡着的郭杰突然站了起来，手中握着把小锤子，神志不清地说："我要把我爸给锤了！"大家都被他的胡言乱语逗乐了。坐在郭杰旁边的王塘打趣道："你不是学法律的吗，怎么要杀人？"

"这事可说来话长了。我爸年轻时跟人打架，断了好几根肋骨进了医院。妈妈心疼又害怕，送了他一把锤子防身。

"爸爸很感动，每天出门都会将它随身携带。他工作并不需要锤子，时间久了也会觉得太过累赘，便把它放在了家里。妈妈发现这件事后对爸爸大发雷霆，说他不带锤子就是不爱她，而是早晚被人打死！"

王塘感觉到了画风不对,想将郭杰拦住,怕他酒醒之后会后悔。可此时的郭杰脑海一片混乱,十头牛也拉不回来。

"从那以后,只要我爸不带锤子出门,我妈就会发火。她也是有病,在她眼中那把锤子就是爸爸的守护神。爸爸不想吵架,只能走到哪里都带着把锤子。可我妈倒霉啊,她不知道这把锤子防男不防女——我爸他妈出轨跑了。"

"你奶奶出轨了?"有人打岔。

话音未落,立即引来一阵哄堂大笑。

"去去去!为这件事,我妈气得晕倒了,自此一病不起……"王塘拼命按住郭杰,却被对方一把推开,"你按我嘴干什么?我还没说完呢!去年暑假,我爸终于忍受不了我妈对锤子的偏执了。他来学校找我,说刚才已经把锤子扔小树林了,为了挽回这个家,我去小树林找回了那把锤子,我说爸你还是带上它回家吧……"说到这,郭杰大哭起来,"是我爸害死了我妈。"

听到这,梅雨目瞪口呆。她想起了去年立冬时在小树林和黄头巾的谈话。顾澈听她讲述过所有破案过程,自然也知道这件事。二人对视一眼,过了一会儿将平静下来的郭杰叫了出去。

他们一起来到了菜馆门外的一个偏僻的角落。

"到底有什么事?"郭杰不耐烦道。

"学长,你爸爸是不是在学校边上的小树林干过活?"梅雨问。

"是啊,这有什么问题吗?"

"你捡走锤子的时间是七月十七日吧?"

"我不确定,只记得那天好像有人死了。"

"这就对了!"梅雨茅塞顿开,"由于你爸的锤子失踪了,很多人认为刘梨是被锤子砸死的,但其实很有可能是别的钝器!你为什么不告诉警察那把锤子是你拿走的?"

"我为什么要说?"郭杰瞪大了眼睛,"那是我妈的遗物,我拿走它跟别人一点关系都没有!再说了,刘梨的死我一点都不关心,不管是谁杀的替我谢谢那个凶手……"

"当时地上有个桶也是你拿的?"顾澈问。

"什么桶? 我只拿了锤子。对我来说,刘梨跟蚂蚁没有任何区别,再死十次也无所谓。每个人的感情都是有限的,怎么能见一个同情一个?"

"你真的是法律系的? 这不是怜悯的问题,而是知情不报。"

郭杰似乎无意继续争辩,浓浓的酒意让他发晕,跌跌撞撞地跑去厕所吐了。

梅雨的思路清晰了许多,她又开始思考作案手法。人们之所以认为失踪的凶器是锤子,是因为老郭在现场留了一把无人会偷的破锤子,而在案发后锤子和小桶一起丢了!

网友给出的解释是凶手只拿走沾着血的锤子太招摇了,害怕引起怀疑便将它放入桶里一起带走,但郭杰说他只取回了锤子没拿桶!所以凶手真正带走的或许只有那个小桶,跟锤子毫无关系!他为什么要拿走桶呢?

为了装东西吗?通过那段与张赫对话的音频,梅雨清楚地知道案发现场是有书包的!既有书包,何需拿桶装物品?难道是因为作案凶器太多,只能再多拿个小桶盛放?她没有排除这种假设。总之,凶器变成了未知,凶手很可能在案发后拿走了小桶,这可真是奇怪。

二人回到包间,大家正在聊着前不久的辩论赛,见顾澈没喝多少便轮流敬酒。

直到凌晨时分,学生们陆续离开,包间里只剩下两人了。

梅雨戳了戳顾澈的脸:"小帅哥,醒醒,再不走就关门啦。"她喝了好几杯酒,醉意上头,说话变得毫无顾忌,"其实我有一个秘密,没有告诉任何人。我所寻找的,并不只是案件的真相。"

许是因为醉意,她觉得灯光十分昏暗。隔音效果很好,除了梅雨低低的声音,安静异常。桌子中央有一瓶雪白的栀子花,仅有的光洒在上面。梅雨二人所处的位置,恰如舞台的幕布之后,仿佛能容纳一切暗夜的低语。

"我跟一个很重要的人走散了。"梅雨喃喃道,"原来的自己。"

这天深夜,借着一股子酒劲,梅雨毫无征兆地向顾澈道出了积藏已久的秘密。

大概在半年前的某个清晨,梅雨发现自己莫名其妙地失忆了。当时她正躺在竹木镇含翠湖旁。醒来时只记得做了几个连环的梦,却想不起任何细节。身边有一个草莓包,装着学生证和身份证。但没有找到手机与钱包,应该是被路过的小偷拿走了。

"不远处有一家民宿,我进去询问情况,才知道昨晚刚好住在这里。民宿阿姨找出了订房时的聊天记录,我因此确定了自己是西海大学的学生。那两天在含翠湖旅行,口袋里还有回程车票,于是直接回了雨城。

"可是我根本不知道是如何失忆的,去医院也找不到任何原因,仿佛在含翠湖遇到了鬼,毫无征兆地忘记了过往。我不愿意将这件事告诉别人,因为根本解释不清,也不想让人看笑话……"

说到这里,梅雨有些尴尬,脸颊早已红得像柿子,晕乎乎的。"我后来才得知竹木镇是陈艾玲的老家,于是猜测自己是在追查案件的过程中撞见了离奇的事情,才导致了失忆。那时的我说不定掌握了什么关键线索,可惜现在一点也找不到了。凶手应该也是怕我将事情捅出去,才来跟踪警告的。瞒了你这么久,真的对不起,我是个没有过去的人……"

　　"我知道。"顾澈忽然睁开了双眼,单手撑着头歪歪地注视着梅雨,看起来不怎么清醒,语气却格外认真,"一直都知道。"

25

几天前正式放了寒假,刘清烟想买些新的酒杯和酒水调料,便拉着梅雨去逛街。二人进入各个店铺仔细斟酌,见到了饭点就前往了一家火锅店,那里有面巨大的落地窗,可以清楚地看到外面的世界。

"这清汤锅底,简直清得能养鱼。"刘清烟撇了撇嘴。

梅雨捞起一个鱼丸放了进去:"养。"

"哈哈哈。"刘清烟把玩着刚刚买的酒杯,不亦乐乎。

"调酒是我见你做过最有恒心的事,但……"梅雨有些担忧,"你这样玩下去不会毕不了业吧?"

"鱼丸和虾滑是可以兼得的。"刘清烟往火锅中下着虾滑。

"为什么这么喜欢调酒?"

"大概是初中的某天,被老师当众说是个学习差的坏孩子,于是在晚上跑去了酒吧。哈哈,印象中还偷穿了妈妈的高跟鞋。"

"找调酒师叔叔强行要了一杯酒,没喝几下就醉了,哭得稀里哗啦,说了一堆乱七八糟的话。过了一会儿,我又嚷嚷着要点酒,而他只是递给了我一杯柠檬汁,说了句'你不坏'。没什么了不起的,但对于那时的我而言,这是天大的事情。"

"命运可真是神奇。"梅雨注视了她一会儿,又感慨地望向窗外,怎料收回视线时恰好看到了熟人,"咦,那不是小美吗?"

"这也太巧了吧,出了小区还能遇到?"

"刘梨出事当天,女生宿舍的同学们一起去参加了学校组织的活动并拍了合照,请假没去的人并不多,而照片里正好没有小美。"

"我还是觉得郭杰更诡异,他讲的那个故事和我很像,都有种胡说八道的气质。"

"哈哈,这倒是。"梅雨目睹着小美走进一家居民楼,"她不是老家很远又没有朋友吗,怎么会来这里的居民楼?"

"等等,你快看那边!"

梅雨一愣,李有成竟然也在这?哪怕隔着一段距离,她仍清晰地感觉到了对方的鬼鬼祟祟。最令人匪夷所思的是,他走进了小美刚刚进去的楼。这两个八竿子打不着的人,怎么会同时出现呢?说不定他们是认识的?

蓦然想起那次在咖啡店,李有成不愿透露案发当日所在地,还觉得陈艾玲很像一张压抑的照片……当时没有细想,现在回忆起来,这个男人简直比小美还奇怪。

两个挨不着边的嫌疑人认识,为破案指明了新的思路。

梅雨不认为以小美的性格能和李有成做朋友,更大的可能性是他们达成了某种交易,对陈艾玲的案子有什么相互牵制的把柄,甚至——合谋。

脑海里的许多线索突然拼凑到了一起——他们二人,一个和被害人有仇,一个和被嫁祸者从小相识;一个根本没有不在场证明,一个不愿说清案发之时所在地。当种种巧合汇聚在一起,会不会形成了某种必然?

吃完午饭,刘清烟直接回了宿舍,梅雨则独自坐在街边的长椅上思考。正在她焦虑着很可能要应对两个凶手时,顾澈打来了电话,告诉她方荻被封号了。

雪悄然而落。西苑路很繁华,布满了各色小店。梅雨到达那里,刚好遇到了想见之人。当时方荻正从一家蛋糕店出来,走到了十米开外的台阶旁,她怕把屁股弄湿,便摞下手里的路易威登,落魄地坐了上去,仿佛在坐一张过期的报纸。

"好久不见。"梅雨递给她一杯珍珠奶茶。

方荻抬起眼帘:"你是来看我笑话的吗?"

梅雨摇头,把草莓包放在雪地上,也坐下了。

两个包先后被自己的主人压扁,仿佛一对破产姐妹。

"珍珠奶茶可难喝了,我只喜欢椰果的。"方荻嫌弃道。

"我记得你在爆料陈艾玲时说过，来雨城是为了买珍珠奶茶的。"梅雨打开了苦咖啡，细细地品味，"原来连这句话都是假的。"

"是真的。"方荻拿出背包里的勺子，把珍珠全都挑了出来，放在盖子里搁置于一旁，"我妈妈很爱喝珍珠奶茶，那天是她的生日，我是给她买的。虽然她已经走了。"

"你妈的生日还想着爆料？如今被全网唾弃的感觉如何？"

"关上手机，整个世界都清静了。看一个曾经呼风唤雨的妖精被打回原形，是不是很爽？"方荻佯装轻松，被奶茶冲淡的口红让她看起来像个渡尽劫波的良家妇女。

"爆料了这么多虚假事情，快乐吗？"

"或许吧。"

"我以为你很喜欢这般无拘无束。"

"所谓无拘无束，其实是无依无靠罢了。"方荻苦笑。

"我一直想问一个问题……你就回答是或者不是。"梅雨看着她，竟然有点心软了，"我只问这一次，无论你说什么我都会相信。所以，想好了再告诉我。"

"赶紧说，别卖关子。"

"杀死刘梨又嫁祸给陈艾玲的凶手，是你吗？不是那种网络的嫁祸,而是拿着刘梨的手机,给陈艾玲发了短信。"

"不是。"方获笑着看她。这是第一次见面时,梅雨经常会从她脸上看到的笑容。当时只觉得恐惧,而此时竟莫名觉得很真诚,甚至认为那笑里含着一点几不可见的伤心。呼出一口气,如释重负:"谢谢。"

"谢什么,你竟然相信我?"方获狐疑地看着她。

"对,我相信你。"

"呵,"方获别过头去,"其实我跟一个小警察谈恋爱了,他每次遇到案件都会把具体情况发过来,有时还会将同事遇见的猛料告诉我。我们相互配合,着实害了不少人。虽然没当那个真正捅刀的人,但也差不多了。"

"你怎么会走上爆料这条路呢?"

"别站在道德的最高点指责别人!谁都可能犯错,如果你跟我一样面对全世界的质疑与谴责,还不知道糟糕成什么样子!"

"我不可能像你这样伤害别人。"梅雨毫不犹豫地反击。

"永远不要小看命运。"

"你现在后悔吗?"

方获把喝完的奶茶放到地上,将珍珠一点点倒了进去,又合上盖子:"人们总觉得小时候幼稚,其实这种想法也未必成熟。所谓的变强,往往只是因为脱离了当初难以呼吸的环境。如果让过去的事情重演,我们未必能比那时做得好。"

"小丫头,要知道,是过去的你成就了此刻的你。不要对曾经的自己太苛刻了。"

"所以说,害了这么多人,你一点儿都不后悔,是吗?"梅雨不相信。

"后悔。"方获看向前方路过的小男孩,他的手中牵着一个星形气球,"假如没做那些伤天害理之事,我也不会失去唯一的朋友。"

26

与方获告辞后,坐车回了西海大学。刚刚的谈话让梅雨产生了些许危机意识,时光看似缓慢,实则一不小心就能让人摔个跟头。

看车窗外朔风凛冽,雪越下越大,她想起了与顾澈去过的海边,当时的景比现在更令人动容。那个深夜后的清晨,大海潮起潮落,海鸥无声徘徊。似乎只要待在这片淡蓝天地,便不用与世浮沉。

作为江南姑娘,本是矜持的,可思及这偏爱捉弄人的命运,梅雨还是选择了大胆一回,趁着飞雪去表白。一种莫名的直觉让她相信,顾澈应该也是喜欢她的。尽管每次查案都很小心,梅雨仍有一份天真的勇敢。

北风呼啸,穿着淡蓝色羽绒服,在洁白的雪地里慢慢走着。拨通电话,跟顾澈约定一小时后见面。决心好好打扮下,于是匆忙赶回住处,对玩着游戏的刘清烟说:"烟烟,你觉得我需要化个妆吗?"

"我去,你被盗号了吧?!吓得我小桶都洒成了岩浆。"

"什么小桶岩浆?"

"一看你就不常玩游戏。这款游戏特别有名,玩家可以在里面创造自己的世界,我刚刚本想用小桶洒水,结果洒成岩浆了。"

"小桶……洒水……"梅雨听着她的话,脑海里浮现了无数个碎片,她张大了嘴,手指颤抖,目光激动。

"怎么了?"刘清烟不明所以。

梅雨飞快地打开电脑,找出了那张被爆料到网上的刘梨陈尸现场图,又点出几张图片,仔细端详半天,"我想出来凶手是怎么嫁祸陈艾玲的了!"

"哈?"刘清烟惊愕,"怎么做到的,用岩浆吗?"

"不,"梅雨接着说,"你知道警察如何判断雨前作案还是雨后作案吗?关键之一就是看尸体下面的土地是否湿润!如果刚杀完人就下雨,那么由于外界因素的干扰,死亡时间难以精准判断,凶手便可以利用细微的误差假装雨后杀人!"

"你的意思是刘梨死后刚好下雨了?但凶手为什么要多此一举伪装雨后杀人?那样的话风险不是更大吗?"刘清烟将信将疑。

"因为他要将事情栽赃嫁祸给之后来此处的人!那些人必将是雨后来的,所以尸体看起来也得像是雨后杀的!"

"那凶手岂不是还得在尸体下面加水?这怎么可能呢?"

"因此我才一直按雨后杀人推理，但你刚才的话点醒了我，小桶是能够装水的！我本来还陷在惯性思维里，觉得那是用来装东西带走的。如此想来，他应该是怕别人在看到水桶后联想到雨前作案吧。只要等待片刻再将桶里的水全部洒在尸体之下，刘梨便很像雨后死亡了。"

刘清烟花了好几分钟才消化了梅雨的意思："就算你推测的都对，脚印怎么解释？警察来时那里只有陈艾玲和刘梨的脚印。"

"这么说其实不准确，真正的情况是仅有她们俩的脚印清晰吧。"梅雨沉思片刻继续道，"脚印是能够被抹去的，只要足够聪明！我从一开始就在想这件事，直到刚刚才将思路连上。如果你是那个人的话会如何伪造脚印？首先，陈艾玲的脚印不需要伪造，因为她会在赶来时自动留下脚印；其次，刘梨的脚印必须伪造，将其加深才更像雨后来的；至于凶手自己的脚印，当然是越淡越好。"

"这该如何做到……"刘清烟毫无头绪。

"我倒是想到了一种方法：穿上刘梨的鞋，按这个女生来时的脚印倒着走回小树林入口，再沿脚印重新走回作案现场。如此两遍按压脚印，再加上雨会将其淡化柔和一点，总体效果便仿佛雨后进入的深浅。你是不是觉得凶手没法隐藏自己的脚印？事实上他只需要在穿刘梨鞋行走时，用旁边的泥土将自己的脚印埋上即可。"

"这么复杂，他真的有时间吗？"

"他用刘梨手机给陈艾玲发了消息，让对方在二十分钟后从宿舍过来。这段时间足够了，危难能激发人的潜力。凶手是一个谨慎又聪明的人。"

"但这个作案手法只是你的猜测而已，他还可能是插上翅膀飞出去了呢。"

"你快看一眼刘梨，主要注意她的鞋带。"

"很正常啊，我也是这么系的。"刘清烟没觉得哪里不对劲。

"就因为正常才错了！我在翻阅刘梨微信时曾发现她所有的鞋带都是特殊系法，唯独死时的鞋带不是。这就说明她的鞋很可能被脱过。而且你仔细看便会发现她的内袜边缘沾了一点泥土。"梅雨指了指屏幕。

"确实！不过凶手要是移动了刘梨再往下洒水的话，地上应该会有尸体翻滚的痕迹吧。"

"可以将刘梨的尸体抱起来呀！只要力气足够大就好了。"

"这就自相矛盾了啊！如果凶手能穿上刘梨的鞋子那她

必然是个女生,但女生哪有这么大力气?"

"我有次去找小美问跟踪的事,发现她的力气大得惊人……"

"我的天,那她和李有成去同一栋楼应该也不是巧合。人心真是可怕,认识这么多年却发现我一点都不了解他。今天之前,我怎么也不会想到有朝一日李有成会对玲玲……"

"烟烟,人是会变的。也许当时的情谊是真的,但之后会变成什么样子谁也说不清。这就是人性,而最不可能的才往往是真相。"

"话说回来,小雨你是怎么这么快推理出来的?"

"前些天借了一本书,罗伯特·密里森的《动机与现场》,里面讲述的破案方法给了我许多灵感。"梅雨从书架上将它拿了下来,"凶手已经确定无疑是小美,唯一的问题就是李有成有没有参与。更重要的是,我们需要找到证据。"

望向窗边,大雪仍在飘飞。梅雨轻叹一声,现如今她的脑海全被案子占据了,心境已然不同,没有了向顾澈表白的热情。走出宿舍,让人泄气的雪花落在了睫毛上,好凉。或许这世间缺少的,并非一朵玫瑰刚好遇到另一朵玫瑰,而是能与此纠葛相称的命运。

27

雪继续下,梅雨如约而至,却对自己的感情只字不提,只是向顾澈讲述了有关案情的收获,并且通过电话与李有成约定几日后见面。考虑到可能遭遇的危险,见面那天,她特地让顾澈帮忙守在摄影馆外。如果一小时后梅雨仍未出来,他就进去。

草莓斜挎包重现江湖,里面藏了录音笔和防狼喷雾。除此之外,梅雨还特意找方获借了一支微型录像笔,放在羽绒服口袋里,以确保万无一失。只是一想到李有成很可能是嫁祸陈艾玲的帮凶就感到阵阵恶寒。

尽力控制好表情与情绪,推开了摄影馆之门。里面别有洞天,整体是暗沉的画风,却在天花板印着几颗星星。墙上贴满了照片,堆积得人喘不过气。

昏暗的灯光下,梅雨看起了照片,各式各样的人,以及破碎的花。有的年迈,有的新鲜……不知道怎么会用新鲜这个词,大概是摄影馆诡异的氛围使然。一张张看去,她竟然在某个位置发现了自己的照片,是上次在咖啡店拎着包打算离开的侧影。当时丝毫没有意识到被人偷拍,真是越想越恐怖,莫非那个一直在身后跟着的人，是他？

不愿继续看照片了，梅雨走到李有成的办公室前，轻叩几下门，得到了"请进"的答复。

"请坐，找我有什么事？"李有成放下手机，淡定得像是遇见一个不起眼的陌生人。

"你认识小美吗？"梅雨开门见山。

李有成的表情明显一僵。

"我和她是同班同学还在一个小区，前些天她说想来这里学摄影，不过……"

"不过什么？"

"据我所知，小美曾经杀过一个人。"

"开什么玩笑？"

"我们不可能完全了解一个人！"

"真会胡说八道！杀谁了？"

"陈艾玲八成是被小美嫁祸的。"

"证据呢？"

"别激动，我也只是合理怀疑。"

"所以你并没有证据，"李有成严肃地盯着梅雨，"不要再乱猜了，事情已经过去了。虽然我也很不愿意接受真相，但小玲真的是……"

"你是不是知道些什么？"

李有成沉默了，低着头，不时摇头晃脑，开始在笔记本上敲打着什么。过了好一会儿，他把电脑反转过来，郑重其事地给梅雨看证据。

"案发当日，摄影馆几个人都在小树林附近拍片子。小美是实习生，也是我的女朋友，她那天全程和我在一起，根本没时间进小树林杀人。"

"女朋友？"梅雨瞠目结舌，完全想不到小美竟然会和李有成在一起，或者说，小美那样的性格能有对象就是个奇迹……

"小美总觉得公开恋情后会连累我，所以我们只能偷偷谈恋爱。"李有成忍不住笑了起来。

"你很爱她？"

"是的，虽然小美……你知道她的，很普通还孤僻，但是有非常好的摄影天赋，我从来没有这么被一个人的才华打动过。在她拿着相机对我小心翼翼地笑的时候，我才发现……"李有成摇了摇头，"我想过很多次会喜欢上什么样的人，甚至画好了她的样子，但真正遇到时才发现，一切假设都会被那一刻的喜欢所推翻。"

梅雨想起了顾澈，同时对李有成和小美有了几分愧疚。如果李有成说的全是真的，那他与小美偷偷进一栋楼便能解

174

释通了。以及，小美曾经跟她说过跟踪是因为梅雨不再找她玩了，说不定失忆前，她们的确是不为人知的朋友？

"既然案发当天你们在小树林后门拍摄，那是不是拍到了进入的人？后门没有监控，但你们的视频可以成为证据。"

"理论上是这样的。"

梅雨心思一转，"那你肯定没有拍到陈艾玲杀人！"

"不，我拍到她了。严格说，不是杀人。小玲的确是和刘梨一前一后进入的。"李有成苦笑。

"你看错了吧?!"

"我们从小认识，她的背影我再清楚不过了，更何况她经常穿那条裙子。虽然像素并非特别清晰，但我绝不会认错！"

"什么样的裙子？"

"大概到膝盖，白色上点缀着许多粉蓝小碎花，听说是小玲的奶奶专门为她买的成年礼物。"说完李有成点开了电脑中的视频。

这是几组长镜素材。李有成直接将时间条推到了其中一个关键帧。由于摄像机的摆放位置特殊，只录到了陈艾玲的背影。视频中她披散着长发，穿着碎花裙慢悠悠地走进了小树林，而后十多秒钟刘梨跟了进去。

"你当时见到她没有打招呼吗？"

"我只拍了最初和最后的部分,中途都是交给朋友帮忙看着录像的,因为小美有些不舒服,我带她去买药了。更何况,我们其实是离很远拍摄的,现场基本只能看见个人影,你现在能在视频里看到她是由于我刚刚调了放大倍数。"

"原来是这样。"

"梅雨,我知道你是为小玲好。但作为她孩提时代的朋友,我比你更不愿意接受真相。"

没有什么嫁祸栽赃,跟刘梨一同进入的真是陈艾玲。梅雨沮丧地看着录像片段,仍不敢相信,仿佛听到了生活的无情嘲笑。所以说小桶什么的都只是她的过度猜测吗?

胡思乱想间,李有成被一个男生匆匆叫了出去,好像是有取照片的人闹事。过了好一阵子,等他回来后,梅雨询问能否拷贝一份视频,遭到了拒绝。

"视频绝对不能落入警方手里,给你也不可以。小玲很善良,就算杀人也一定是有苦衷的。而且,实话说我也不相信。"

"好吧,还是谢谢你。"女孩拿起草莓包,转身离开了。

走出摄像馆,梅雨找到顾澈,一五一十地讲了刚才发生的事情。

"要不你先回去,我找李有成再看一遍视频?"顾澈说。

"刘梨可能就是陈艾玲杀的。我有点累了。"说话间梅雨将手机递给顾澈,"幸好李有成中途被人叫出去一趟,我趁机将视频传到了手机里。"

"公交车来了,上去再说。"梅雨抿了抿唇,迅速地上了车,仿佛要逃离过去几个月以来荒唐的自己。

坐在公交车后排,她闭上眼睛,把李有成讲述的事情在脑子里过了一遍。平淡的表面下是波涛汹涌的情感。梅雨不愿接受这个结果,某一刻甚至会自私地希望小美就是凶手。

她在心底猛烈摇头,告诫自己不能为了让拼图完整而强行拼凑。不过,陈艾玲真的是解开谜题的最后一块拼图吗?想象中的光辉人间崩塌了几块碎石,第一次如此清晰地意识到,这个世界从来都不是非黑即白的。

"不对劲!"过了好一会儿,顾澈的声音闯了进来。

"什么?"

"你仔细看视频中陈艾玲的鞋。"

"没问题啊。"梅雨不知所云。

顾澈又调出了方获在案发后偷拍的陈艾玲全身照:"这张图里她穿的是一双白色帆布鞋,对吧。你再看李有成录像里的陈艾玲,她穿的鞋也是白色的,但高度和曲度不太对,应该是运动鞋。"

梅雨震惊得猛然起立,不可思议地看向顾澈。

"危险。"他将她拉回了座上。

"难道说后面……"心底冒出了个恐怖又大胆的设想。

"咱们猜的应该一样。"顾澈点击了继续播放,而后画面里便一直无人前来,直到快下车时梅雨才见到了方才猜测的东西,顿觉毛骨悚然,全身的血液好似一瞬间被抽空,"怎么会这样?!"

录像中又有一个女孩走进了小树林,碎花裙、长头发、熟悉身高,还穿着一双帆布鞋! 这不正是陈艾玲吗!

"一个人不可能在没出树林的情况下进去两次,所以……"梅雨和顾澈对视一眼,不约而同道:"有两个陈艾玲!"

28

寂白的天空烙印了两轮火红的太阳,相互倚靠好似一对孪生兄弟。连太阳都能在独特折射下出现分身,真相又何尝不会。

小树林的正门是有监控的,绝大多数人都从那里进去不远再原路出来,唯独凶手、刘梨、陈艾玲是从没有监控的东南角进出的。案发地点离东南角不远,除了张赫身为路痴巧合路过,其他人应该都没去过。

凶手将案件伪装成了雨后杀人,又利用刘梨的手机叫来陈艾玲,却没想到被李有成录下了东南角入口。那段视频本能直接戳穿这场嫁祸,但世事难料,凶手恰好与陈艾玲背影极其相似还打扮相同,甚至进一步迷惑了李有成,让他为了掩护青梅竹马没将视频交给警方。陈艾玲说过自己是在下雨后才来的,可李有成看见了她与刘梨在雨前先后进入,如此便以为明白了真相,大意地没再往后看。

梅雨试图还原过各种可能,却偏偏忽略了人与人的相似。如果凶手是和陈艾玲很像的女孩,就可以完美地解释"一个人不出来而进入两次小树林"。张赫作为证人见到过案发场景,并且一口咬定真凶是陈艾玲。要是他没有说谎,那便再次证明凶手如同陈艾玲的复制品,至少背影十分相像。

真相总是这般隐晦,一不小心就阴差阳错。接下来梅雨要做的便是寻找与陈艾玲背影相似的人。

在西海大学找了找,最像的是个叫王欣的大二学生,但她有充分的不在场证明,案发当天与父母在浔城度假。

两天后去东川大学听讲座时,梅雨才忽然想起了在彼岸之味认识的杨晓儿。

向刘清烟要来电话号码,迟迟没有拨过去。如果对方真是凶手,那肯定对她们有所防备,不能莽撞行事。与杀人犯作对,一旦失手便将万劫不复。她把最新的发现悉数告诉了顾澈,最终决定去找杨晓儿当面说。隔着电话看不清表情,如同一把撑向双方的保护伞,而现在他们占优势,面谈更有利。

梅雨洞察力很强,而顾澈聪明又会打架,只要准备充分,似乎稳赢。尽管如此,梅雨还是偷偷往包里藏了一把刀,这是小美常干的事情,虽然有点神经质,但不得不说真的有用。人们总说太敏感不好,可于梅雨而言敏感是一种天赋,让她能在诗意浪漫的生活之余保护好自己。

打听出对方在东川大学的日常情况后,梅雨和顾澈来到这里。杨晓儿是典型的乖乖女,上大学后依旧一节课不落,寒假都要留宿学习,跟周杏白在某些方面有一拼。之所以经常遇到这样的女孩,是因为东川和西海都是知名的重点大学。

二人来到东川的某间自习室外,通过后门的玻璃窗往里看了好几眼,没发现想见之人。

"……竟然不在?"梅雨有种不好的预感,"听说杨晓儿每天都来这个自习室学习,从不和朋友出去玩,怎么就今天例外?她会不会知道了些什么?"

"再观察一下,那个收拾东西准备出来的女生是她的室友。"顾澈说。

"幸好她总把合影发在朋友圈。"待那女生出来,梅雨上前打招呼,"同学你好,我是杨晓儿的朋友,之前跟她约好在这里见面还准备了小礼物。因为晓儿时常提起的缘故,我知道你是她的室友,所以……原谅我冒昧地问下,你清楚她今天为什么没来吗?"为了让对方相信,梅雨不得不撒谎。

"哎,她昨天就飞国外了,现在应该已经到了吧。"

"国外?怎么突然离开了?"

"挺匆忙的,具体原因都没来得及和我说呢。"

"好的,谢谢,那我回头直接把礼物寄过去吧。麻烦你别告诉晓儿我们来过,想给她个惊喜。"

待室友走后,梅雨和顾澈也离开了这里,一路小声交谈。

"后天就要过年了,连刘清烟都回家了。我昨天跟她视频说今天会来东川找杨晓儿，没想到这女孩也不见人影了。"

"确实很奇怪，"顾澈从自动售货机买了两瓶可乐，"根据杨晓儿发过的微博可以推测，她是本地人，父母也都住在雨城，年前出国的可能性太小了。"

"但我看刚才那个女生的表情不像说谎……其实，尽管我之前一直在尽量悄悄找背影相似的人，还是闹出了一些动静，说不定打草惊蛇了。"

"你已经做得很好了。无论如何，去国外找她不现实，还是得等她自己回来。但这样的话变数就太大了。"

"等等，顾澈，我突然想起来，要想找到杨晓儿是凶手的证据，还可以拜访一个关键的人！之前忘了跟你说起她了。"

"谁？"

"一个叫杨瑛的女生。"

回到小区后，梅雨给周杏白打了个电话，问这个消息灵通的姑娘能不能查出杨瑛所在的学校，对方欣然答应了。刘清烟回家过年，梅雨不得不适应独自居住。孤单事小，关键是不太安全，毕竟那个恐怖的跟踪者至今没被找到。想起几个月前在宿舍窗外看到的诡异人影，不禁担心那人会不会趁她一个人在家，做出什么事来。

担忧之际，座机悠悠响起。

29

"喂?"梅雨有点紧张,听清对面是余小阳才放下心来。

"姐,你那箱子东西什么时候拿走?我看上了个更便宜的出租房,准备搬家,预计今天收拾完屋子。"

"我给过你一箱东西吗,什么时候?"

"应该是去年七八月份。当时你心急火燎地说要将箱子放我这寄存一段时间,还上着锁呢,是不是装了重要证件?"

"七八月份?"梅雨听完有点发蒙,那不正是失忆前后的事情吗?吃惊之余连忙道:"我马上去拿。"

"不用了姐,我一会儿要到你住的小区附近办点事,顺便将箱子送去吧。"

余小阳来的时候正好是吃晚饭的时间,搬完东西,梅雨和他在小区门口的面馆简单吃了顿饭便独自回来了。见箱子被小锁锁着,她翻出了一把始终没找到匹配对象的小钥匙,试了一下,只听"咔哒"一声,真的开了!

箱子里装着几个档案袋、一本书以及藏青色的外套等。梅雨迫不及待地拆开其中一个档案袋,是多年前 Mr. Blue 寄来的信,原来他的字也曾如此稚嫩啊。蹲在地上读了两封后,她决定先将这些信收起来,有时间再慢慢品味。即使信中记载的都是真实经历的过往,梅雨还是觉得那时的种种似乎都与现在的自己没什么关系。

将信重新塞回档案袋,转而拿起外套。就在她抖开它准备去镜子前试穿时,一条白色的裙子掉到了地上。

"好美呀。"梅雨连忙从地上拾起裙子并将其展开,"还点缀着许多蓝粉色的小碎花呢。"

等等……白色及膝裙,蓝粉小碎花……她大惊失色,猛地将裙子扔了出去,快速后退几步,胳膊碰到尖锐的桌角带来一阵疼痛却已无暇顾及。

这不是视频里的裙子吗,怎么会在箱子中?忽地想起了之前的推测,因追查凶手发现了关键线索而导致被害失忆,所以,碎花裙会不会就是那条重要的线索?怪不得一直没能找到决定性的一环,原来是放到弟弟家了。

关键时刻,房间里的灯突然灭了。四周漆黑冰冷,冬天的风嗖嗖地吹了进来。什么也看不清,还被地上的东西绊倒摔了一跤。梅雨忍着疼爬起来,远远地望向窗外,对面的居民楼也完全没光了。这个小区果然不靠谱,连停电都不提前通知。

黑暗之中,她浑身发冷,甚至有点不敢回头。总觉得有人正在暗中窥视,脖颈前有把无形的匕首。反复锁了好几次大门,却还是会在转过身时恍神,不确定是否真的完成了上锁的动作。从抽屉里找出了几根蜡烛,那还是顾澈之前提醒她常备在家的。

将一扇扇窗户紧闭,又挂上了厚重的窗帘。她抱着箱子坐在墙角,身旁的小盘中燃着一根粗蜡烛。

喉咙发紧咽了口唾沫,翻弄着碎花裙,像是抚摸一条蟒蛇,美丽而危险。在昏暗的光线下仔细观察,直到看见了些许暗色的血迹!恐惧之余,第一反应是,也许能找到凶手的DNA了。随即想到那应该是被害者的血,检测出来也说明不了什么。但如果裙子没太大问题,凶手就没有理由害她失忆甚至跟踪了,所以一定另有端倪!

她为什么会在含翠湖边醒来?去陈艾玲老家绝对事出有因,八成跟凶手的行动有关。如果关键线索已被凶手夺回,那对方就不至于总来跟踪,所以线索应该还在梅雨手里,最有可能的就是这条裙子。裙子和含翠湖会有什么关联,她暂时没有想清。

转而看向箱子里的一大包记事本,边角被透明胶贴了好多层。打开后,里面是九个规格不一的日记本,分别标着顺序。轻轻翻开第一个本子,它折痕遍布看起来年代久远,最上方歪歪扭扭地写着"童童的日记"。其中"童童"二字被打了个大叉,修改成了"梅雨"。

所以这是过去的她吗？如果能将日记本读完,是不是就等于找回了曾经的记忆？

日记是从小学开始的,断断续续地记录了女主人的成长过程。从小生活在一个幸福的家庭,可惜突发变故父母双双去世,只能搬去舅舅家住。而后的日子好似一场浩劫,痛苦得有点不真实,直到一年后 Mr. Blue 的出现才让内心多了些许柔和。

一页页地翻着,眼睛酸涩。眨眼间已到凌晨,蜡烛都换了好几根,越往下看越不安,好似在观赏一出人间悲剧。让梅雨印象最深的是个叫"救世主"的女孩,向往光明又分外伪善,总想将人强行从黑暗中拽出来。难道这个藏匿于她身边的姑娘,才是真正的凶手？忍不住将本子握紧了些,她最不愿接受的就是背叛。

最后一页日记是七月十六日,记载了"救世主"和别人因借钱而争吵的事。凝视着日期,有点似曾相识,不止因为那是刘梨死去的前一天。

到底是为什么眼熟呢？七月十六日……对了！这不正好是她和 Mr. Blue 每月互相寄信的那几天吗？若真如此,她很可能也曾在十七日写过信,这样的话就能更了解当初的事情,相当于多看几页日记了！

　　重新拿出那一大袋子信翻找。多数是 Mr. Blue 的，也有一些是她写了但没寄出去的。最终，梅雨欣喜地发现自己竟在七月十七日以后写了三封信。有了这些文字说不定就能弄清真相，更重要的是，其间很可能埋藏着她向往已久的证据。

　　这一刻，窗外突然狂风大作，从缝隙里如厉鬼般钻了进来，将蜡烛的光明陡然掐灭。伸手不见五指的世界里，她呼吸一滞，慌乱地找着蜡烛，却好像将什么东西打翻了。心脏紧张得要跳出来，纵使身处黑暗，梅雨仍能清晰地感觉到，面前似乎站着个人。那人的脸上滴下了水，落在她的掌心。而耳边，传来了熟悉的脚步声。

30

　　童童的父母去世了。亲戚们商量许久,决定把她推脱给远在雨城的舅舅一家。来到这座城市的第一天,她好奇地打量着车窗外的风景,这里不仅与老家一样山清水秀,还能开出沁人心脾的花。

　　进入未来的家后,率先打破沉默的是舅舅的儿子小阳,也就是童童的表弟。他睁着无辜可爱的大眼睛,指了指旁边桌子上的草莓娃娃:"姐姐,那个送给你!"

　　"你真好!"童童也从包里取出一件礼物,"听说你叫小阳,我便特意准备了这个太阳形状的钥匙链,希望你能和它一样快乐阳光!"

　　然后,她开心地拿起软乎乎的草莓娃娃,轻轻一捏,完全没料到娃娃的中间竟然往外喷出了辣椒水。它的压强很大,一下就喷到了童童脸上,"啊!眼睛疼死了!"

　　近乎本能地,童童气愤地将娃娃往小阳身上使劲一推,却不小心让这个幸灾乐祸没站稳的男孩摔倒在地上。他的胳膊被桌角划出了一道长长的口子,"嘶——"

　　随着小阳大哭起来,舅妈一把将童童推到了地上,"你怎么搞的?! 看你把我儿子弄的!"随即慌张地在抽屉里找着碘酒和纱布,急得眼泪都出来了。舅舅也很焦急,最终决定和舅妈一起带小阳去趟医院。临走前,他对不断冲洗着眼睛的童童说:"我们出去一趟,你自己在家……"还没来得及说完,门外的舅妈就含着泪水气愤地将他拽了出去,说:"老余,还不赶紧带儿子去医院?!"

童童红肿着眼睛,勉强地睁开一条缝,刚好看见了舅妈瞪向她的目光。吓得一激灵,连忙将眼睛重新闭上。或许从这一刻起,世界便沉浸在了黑暗之中。

一下午过去了,眼睛还是红红的。打量四周,童童什么都不敢碰,最终躺在沙发上睡着了。直到晚上六点舅舅三人才回来。

晚饭做好,四个人分别坐在方形桌子的四面。舅舅看着童童肿胀的眼睛,有点心疼:"别害怕,有我们管着,小阳不会再这样了。"

"嗯,谢谢舅舅。"童童小心地吃着碗里的米饭,不时偷偷打量小阳,发现对方神情坦然还大口吞着红烧肉。

"老余,你不用这样,小阳的伤更严重呢。"舅妈愤懑道,"咱家本来就没钱,现在好了,每顿饭又得多摆一双碗筷。"

"童童是我姐的女儿,我怎么可能不管? 小阳,跟童童道个歉吧，以后别再胡闹了。"

舅妈一听这话顿时来火了："到底谁是你亲生的？"

"慧茹，你不能不讲道理啊，这事本来就……"

"为什么我宝贝儿子跟她开个玩笑都不行?!"

"你……"舅舅平时比较老好人，但一生气就像变了个人，和舅妈吵得越来越激烈，甚至开始互相砸东西。童童跑到角落，小阳则迅速回了房间。没过多会儿，舅舅摔门而去。

舅妈看着躲在一旁的童童，恼羞成怒，拿起扫帚就冲了过去，狠狠打在了女孩身上："你怎么不跟你爸妈一块死了呢？"

自此，童童陷入了家暴。面对舅妈隔三差五的辱骂与殴打，从最初的万念俱灰，变成了现在的习以为常。如果无法抵御海啸，就尽情地感受被吞噬吧。

以前住在浔城的小乡镇，而舅舅家在大都市雨城，转学是必然的。童童跟表弟小阳去了同一所小学，只不过一个五年级，一个四年级。刚到学校就因为太过天真被嘲笑，之后又因柔弱而饱受欺负。

好想告诉爸爸这件事啊。他知道后一定不会坐视不理，说不定还要提起那把祖传宝刀，强悍地杀来学校。可是现在，爸爸在天堂。

小学五六年级，童童是在校园暴力中度过的。好在她刻苦读书,拼命考上了雨城一中。凭借优异的成绩,她将作为新生代表上台发言。那是童童心中最辉煌的时刻。努力了两年,就是为了在这天告别过往的伤痕,在新的学校重新开始。

她走上发言台,熟练地背诵着演讲稿。口若悬河,指如点星,每个动作都落落大方,吸引着老师和同学的目光。

"哇塞,这个小学妹很厉害嘛。"

"好想跟她交朋友!"

同学们悄声议论,却被身后的老师看得一清二楚:"都别说话了! 不过这个新生代表确实不错,一看就是殷实家庭出来的孩子,有很好的家教才能这么自信。"

童童滔滔不绝地说着,仿佛站在山峰之上。四面是仙气缭绕的腾云,抬眼望去,苍穹漏了个大洞,流下来万里天光。书上写得果然没错,只要肯攀登,便能迎来美丽人生。

就在这时,一个女人突然从后台冲上了讲台。童童不可思议地看向来人,本能地避让了几步,想转身逃离这里。

"我打死你个小兔崽子,要疯是吧?!"

"舅妈,别……"

女人一边拽着童童的领口,一边冲台下的师生大喊,"给你们介绍下这个死丫头,克死了她爸妈后来我家当拖油瓶,白吃白喝还想着法害我!"

"舅……"

"我们好好的一家三口,怎么就插进来你了呢?小小年纪可真毒啊,人前一套人后一套,一声不吭地报警了,害我跟你舅离婚了,你满意了吧?!"

"我没有,我……"

"闭嘴吧你!"

所有人都目瞪口呆,眼睁睁看着这暴力的一幕。

"去死啊!"

几分钟后,保安们才反应过来,合力把这个癫狂的女人拉下了台。童童衣衫凌乱地坐在发言台上,一滴眼泪都没掉。慢条斯理地把领口系好,重新站起身握住话筒,近乎麻木不仁地说:"我们继续?"

礼堂里,所有人默不作声。僵持片刻后,一道男声响起:"连哭都不会的怪物。"其他人没有张嘴,但目光道出了千言万语。谁又能明白,她并非没有感情的姑娘,只是这难过的海早已流尽了。事到如今,已经无肠可断。

恍惚地望向窗外的天空,那浅浅的蓝色,是她向往许久的沉静。往旁边看去,一朵白云顺风而来,或许连最后的光也快消散了。

晚上回家吃饭时,舅舅端着饭独自坐在沙发上,跟舅妈离得八丈远。

"李慧茹,这日子我是过不下去了,明天直接民政局办手续吧。"舅舅认真地说着,而后看向儿子,"爸爸妈妈只能选一个,你打算跟谁?"

小阳沉默着闷头吃饭,过了好半天才说:"谁也不跟。"

"那怎么行!"舅妈有点慌了,提高了尖嗓门的音量,"妈妈对你这么好,还特意炖了你最爱吃的可乐鸡翅,比你爸强多了!"

"说什么呢?小阳,你妈好吃懒做脾气又大,根本没条件养你。"

"当初真是瞎了眼才会嫁给你这个穷鬼,还得成天面对一个想报警抓我的死丫头!"舅妈将筷子使劲扔到了桌子上。

"要不是你欺人太甚,童童会报警吗?"舅舅彻底跟舅妈撕破了脸,"赶紧去医院治治你的神经病吧!"

"你……气死我了!"舅妈喘着粗气,将儿子拽到了身旁,"小阳,你今天必须做出选择!离婚后到底跟谁?!"

三双眼睛齐齐看向小阳,而他低着头让人看不清表情。就在大家都以为他不会回答了的时候,男孩蓦然抬起了头,"那就跟童童吧。"他笑得很乖巧。

"所以爸妈,你们还是不要离婚了。"男孩说完就回了房间,似乎一点都没注意到擦肩而过时童童异样的眼神。

小阳是长辈心中的好孩子。成绩很好,不打架不闹事,还很有礼貌。只有童童觉得他是个隐藏很深的坏蛋,不仅在初次见面时喷她一脸辣椒水,还经常对她冷嘲热讽。直到今天,她才终于抓到了他的把柄。这个乖孩子的身上竟然有股淡淡的烟味。

但那又如何呢?对于童童来说,初中生活除了学习就是对付校园暴力。精心准备的演讲变成了闹剧,之后的日子便与小学无异,甚至变本加厉。同学们知道童童家里人不管她,就开始霸凌。尤其是一个叫果果的女生,成天带着几个小姐妹胡作非为。大家都很反感她们的行为,但谁也不想惹祸上身。

"患难与共不一定是真情,但落井下石让我看懂了人心。"这是童童初一时写在日记本里的话。有些人越来越模糊,有些事却越加深刻。

果果只打不容易被发现的地方,譬如踹胸口、掐肚子、踢胯下。她相信一个女生是绝对不会展示这些部位的。

童童的第一次月事就是在暴力中到来的,果果以为将对方打出了内伤便逃跑了。由于害怕被告发,他们连续一周都没敢再打这个女孩。那是童童在学校度过的最美好的一周,

194

没有泪水，没有欺凌。

这一纸青春之书，写了太多炎凉与荒芜。

一天，操场上洒满了阳光，地上是旗杆又长又斜的影子。童童脸颊苍白，在光下甚至浮现出隐约跳动着的透明血管。她看着地上被踩得稀巴烂的馒头，肚子不争气地叫了，喉咙忍不住开始吞咽唾沫。

"喂，今天你想怎么被打呀?"果果带着一帮人站在骨瘦如柴的女孩面前，阴冷的笑脸像食人花一样招摇。

"那就比比谁更狠!"说话间童童从包中拿出了一把刀。

那个冬日，童童拼了命地挥舞着刀，从此再也没人敢惹她。傍晚，她独自一人坐在一地枯死的叶子上，仿佛自己也是其中一片。

另一边，舅舅舅妈为了儿子还是选择了得过且过。小阳在父母的严厉管教下勤奋读书，一年后也考上了一中。为了得到大人的宠爱，他从小就维持着"别人家好孩子"的形象，内心却早已躁动得不行。上初中后，他再也无法忍住埋藏的怨念，成天跟着几个兄弟到处打架，还因此得罪了不少人。

他们终于还是栽了跟头，在后山被几个高中的大高个围堵了。对方身高优势明显，再加上小阳等人本就是狐假虎威，一下便被打得落花流水。但小阳不认输，初生牛犊不怕虎，把高中生们逼急了,扬着拳头就朝他打来。

那一刻,小阳是真怕了。

就在他闭上眼准备认命时,身体却猛然被人推开。

"啊啊啊!我的眼睛?!"高中生尖叫。

小阳睁开眼,震惊地发现地上有个草莓娃娃,而那个高中生的脸已经布满辣椒水。手腕传来一阵温热,他难以置信地扭头,看见了童童熟悉的面孔。

"傻愣着干什么?!"女孩拉着他一路狂奔,从学校后山跑到了音乐教室。

童童将门反锁,从一个柜子里掏出两瓶可乐。

"你怎么有这儿的钥匙?"小阳接过一瓶,刚拧开可乐就喷了自己一身。

"偷的。"

"你原来可不是这样的。"

"那是什么样?被你随便欺负的样子吗?"童童喷了一声,在桌上转着可乐,"况且你也变了。舅妈一定想不到,她的宝贝儿子此时正试图用黑色夹克挡住文身,还在嘴里叼着烟吧?"

小阳瞪了她一眼。过了一会儿,才从牙缝里挤出来一句"谢谢"。

"别多想，我帮你只是恰巧路过。"

"你在那干什么？"

"教训几个混蛋。"童童冷冷地说着，"要想不被人欺负，只能主动欺负别人。"

"今天的事情你不会告诉我爸妈吧？"

"嗯。"

"真的？"

"不要相信我。"童童站起身往门外走，过了一会儿又回过头，露出一个莫名悲伤的笑容，"不要相信任何人。"

回到家后，舅妈敏锐地感觉到了儿子的不同寻常。这顿晚饭，她惊心动魄地观察着儿子的脸色，四个人都格外沉默，直到舅舅对童童说："你抽烟了？"

她在学校被小阳染上了烟味，而小阳早就有了在回家前清理掉烟味的习惯。

"嗯。"童童表情淡淡。

"又不想活了是吧？这次可是你自己找死！"舅妈拍案而起，"小小年纪就学会了抽烟，赶紧滚出家门吧！"

童童站了起来，正想说出"行"字，就被身旁的少年按着坐了下去。

小阳从口袋里拿出一盒烟，扔在了桌子上。

“我抽的。”

明明只有三个字，却格外沉重。那是他第一次用真实的样子面对父母，没有假笑，没有奉承，只有一种说不清的失望。

“我是个坏孩子，永远活不成大人期待的模样……并且一点不期待变成大人。”

那天，小阳用积攒了十几年的勇气说了几句真心话，然后就被气急了的舅舅打成了右腿骨裂。舅妈在旁边一直哭，比起儿子的伤，她更在意的是，曾经的乖巧少年被她亲手送上了另一条路，再也回不来了。

医院里，小阳挂着石膏躺在床上，童童在旁边翻看课本，马上又要考试了。小阳怎么也没想到自己最后忍不住摊牌会是因为这个女孩。

“姐姐。”小阳用蚊子一样的声音嘀咕着。

“我听见了！”童童扬起下巴，一副骄傲的样子，“快快，再叫一声。”

“傻子！”

“你现在越来越不注意形象了是吧！以前你可是很乖的。”

“真的吗？第一次见面我就恶作剧了。”小阳说，“其实我当时那样，是因为总有亲戚跟我说，收养了你之后爸妈就会不要我了。"

"我好的时候你骗我,我变坏了你倒来帮我了。"

"你现在也很好。"

童童摇了摇头,她已经不愿当个善良的人了,只是想在他面前做个好姐姐罢了。"你跟舅舅吵成这样,今后打算怎么办?"

"你呢?"

"我一直在偷偷存钱。等达到法定年龄就勤工俭学,争取早日出去租房子。"

"我帮你一起存。"

"喂,逞英雄很帅吗?"

小阳一脸严肃地点头。

"给你个夸我的机会。"

"女子无才便是德。"

"你!"童童举起水果刀,佯装生气,却发现小阳笑得眼泪都快出来了,"哈哈哈哈……"不知道为什么,她也跟着笑了起来,那是他们冰冷青春里最温暖的时辰。

对着时光浅浅一笑,怎知那时自是年少?

不久后,小阳出院了,与童童肩并肩坐在阳光下,看晴空万里。

"姐姐,"男孩拿出一盒草莓递给女孩,"当初你给了我太阳钥匙链,我却在草莓娃娃里藏了辣椒水,现在是时候送你些真的草莓了。如果生活的苦无法改变,就让嘴里尝尝甜吧。"

"等我有钱了,一定把所有东西都换成草莓样子的,这样生活就变甜了!"童童难得开心,将没洗的草莓直接放进口中,慢慢品尝着,"我送你的那个呢?"

小阳拿出钥匙串,惋惜地看着太阳挂件。它的外圈本来有十个象征光的小条,可是如今掉了三个。"我爸打我的时候,它砸地上了。"

"没关系,太阳创造世界的时候,把三道光化作了太阳、星星和月亮,余下的光就是被派到人间的你啦,如同这个钥匙链一样。"童童笑道,"对吧,弟弟?"

"嗯。"他想当她余生的太阳。

31

梅雨燃起蜡烛,大口喘着气,身旁空无一人。方才黑暗中的人影与声音,如同一场巨大的幻觉,甚至让她怀疑此时是不是在梦里。半天才缓过劲来,手中攥着写给 Mr. Blue 的三封信。想了想,还是从抽屉拿出了一把壁纸刀,放在身后以防那个恐怖之人再次出现。

这是几个月以来最紧张的时辰,明明比任何时候都更接近真相,却忽然生出了几分怯意,似乎捅破了窗户纸后某些未知的神秘便破碎了。与其说是三封信,不如说是一封信写了三次。

第一封信没有署名。梅雨深吸了一口气,努力做好各种心理准备,勇敢地直面真正的凶手。无论结果如何,她都会全力以赴地搜寻证据,陈艾玲的清白必将昭明于人世。

Mr. Blue:

今天清晨,救世主把我带去服装店换上了一条碎花裙。她知道我喜欢她的碎花裙很久了,便自以为是地送了我一条几乎完全相同的。她永远不会明白,我有多恶心被施舍的感觉。离开店铺后,我们吵了起来,就在她快要气哭时，L突然冲了出来，说我骂得太狠了。这个L简直就是个奇葩，昨天还跟救世主吵得不可开交，今天却像是统一战线了。

我没跟她们纠缠，而是按原计划去小树林的书店看书。六点多回宿舍后，注视着桌上几本迟迟未还的书，做了个错误的决定，重回书店还书。在这条路上，我气愤地发现L不知何时起竟偷偷跟在后面，于是到小树林东南角跟她激烈地吵了一架！

L恼羞成怒，想要冲上来推我一把，却没踩稳被自己绊倒了，往后仰倒撞死在了石头上！我的天呐，这算什么事啊，Mr. Blue，我发誓我真的没有想让她死，是她自己不小心！在她摔倒的刹那我还试图拉住她，只是来不及了！我很清白，可是她不明不白地死在了我面前，别人会不会都以为是我害的？！

我爸当年就是这样死于非命，如今难道要我重蹈覆辙吗？！不行，我不是他，我不能坐以待毙……

7月17日

放下信笺，心底掀起惊涛骇浪，梅雨从未想过唯一见证刘梨死去的人竟然就是自己！根本没有什么谋杀，刘梨是自作孽绊死的！这怎么可能呢?!

呼吸越来越沉重,信笺帮梅雨找回了遗忘的过去,但也注定会让她失去现在的生活。命运开了一个天大的玩笑！颤抖着拿起第二封信,有点猜到后面的剧情了。这封信很凌乱,写完后似乎又想隐藏什么,几乎划掉了全部,有的地方用黑色记号笔涂抹得完全看不清。

Mr. Blue：

我没有杀害 L,可这件事只有老天知道。本来也不是我杀的人啊,偷偷跑掉没什么大不了的吧?!

你知道的,我洁癖严重,喜欢随时带一副手套……突然而下的大雨仿佛天意,L 那没怎么出血却足以致命的伤口也好似特意为我准备……我悄悄抹掉了好多细节,这或许就是人在危机时爆发的潜力……

其实我也没干什么,只是第一时间逃了,把第一目击者换了个人！如果警方发现 L 是自己死的,那救世主也不会有什么事情;假若他们真把第一目击者当成犯人抓走,那我也只是自保罢了！唯一的过错便是,我鬼使神差地带走了磕死 L 的石头,可能会坑救世主一把……无所谓了,这是她欠我的！

我不再是小时候那个傻傻的女孩了,更不想重蹈父亲的悲剧。为什么苍天非要执着于寻找一个悲惨角色呢?我已经很努力了啊,不要再把劫难丢向我了,可以吗?公平一点,去找那些幸福的人吧……

7 月 18 日

最后一封信的中间被剪掉了个心形的窟窿,那块内容像是被放到别处留作纪念了,余下的部分只能隐约辨认出几句话。

Mr. Blue:

写了几封信,犹豫半天,还是不想寄出。因为我好担心收到的回复是"你做错了,我好失望",害怕信纸上写着"小麻雀,你终于变成残忍的鹰了"……我想逃,可是去哪呢?

7 月 19 日

梅雨想不起来为什么会在信中称陈艾玲为"救世主"了,她已经不需要太多答案了。将长发散下来,背对着镜子再侧头看去,果真像极了陈艾玲。不想再看见这样的场景,拿起剪刀凌乱地剪了下去。转瞬间,柔顺长发变成了一堆刚及脖子的乱稻草。

怪不得怎么也找不到跟踪者，因为那就是过去的自己。谁又能跨越时空，将过往灵魂的使者挖出来呢？一切如影随形的恐惧，都来自不想被发现的真相的哭喊。也对，正常的跟踪又怎么会让对方每次都听见，只因踏在心上罢了。

那阵脚步声，一次次地出现在梅雨想要破案的时候，警告得如此明显，却耐不过她失去记忆后这一颗丹红的心。正因为忘记了过去的苦楚黑暗，才会如此奋不顾身地寻找真相，由此重生并重新戴上枷锁，将一切美好终结。

对着镜子苦笑，不得不承认真相早有预兆。几个月来的胡思乱想，她为查案子问东问西，唯独没有问自己。幻想中姹紫嫣红的过往，原来从未开出过一朵花。

刚出生的孩子犹如一杯热水，可惜人情凉薄早让梅雨的水结成了冰。失忆后像是重新变成了热水，她无法原谅的是自己从一开始就散发着腐味。

人呐，不知道真相的时候总是拼命寻找，知道了却又无处容身。

就在这时，手机响起了提示音。知道了自己曾经是个恶魔，就不再畏惧黑暗。蜡烛燃尽了，梅雨赤着脚站起身，拾起桌上闪着白光的手机。

是周杏白的一条语音，告诉她找到了杨瑛所在的学校，明天就可以去见这个女生了。往下翻，未读信息很多，其中几条是留学公众号的，讲述着许多姑娘的精彩人生，也是她本可以拥有的光辉灿烂的未来。

而数量最醒目的，是顾澈和刘清烟不断发来的"注意安全，关好门窗""小心如影随形的跟踪者"之类的消息。真是讽刺啊，梅雨现在只想将大门和窗子全部打开。此时此刻，似乎没有什么比麻木不仁害死陈艾玲的她更可怕的了。

黑暗中，手机的白光照着梅雨的脸，竟有些像是案发后的雨夜被警察手电筒照射的陈艾玲。一样苍白无力，一样痛苦难当。

又听了一次周杏白的语音，这才发现背景有猫的叫声，是豆包。发了疯一样，她一遍遍地听着豆包细小的声音，强行拼凑着的坚强的心终于彻底碎开。可怜的豆包啊，姐姐的灵魂已经不干净了，再也没有资格摸你了。

走到箱子旁，拿出最后一件东西。打开层层黑布，里面装的竟是她最近在读的《动机与现场》。与她新做的破案笔记不同，这本书上的批注更像是作案笔记。

梅雨是凶手，也是自己的侦探。她将两本《动机与现场》并排放到了书架上，在夜深人静之时，终于忍不住痛哭起来。

32

　"可算到了。"翻过最后一个高坡，周杏白指向太阳落下的地方。大二寒假，为了准备有关居水寺飞天与艺术治疗的学年论文，梅雨和陈艾玲去了小石头乡的周家村，那也是周杏白的老家。居水寺在村南一公里处。据说寺南寺北两个村子原本互相扶持，最近却因为一点小事变得水火不容。

　"快热死了。"梅雨烦躁地说。

　"稍等，刘清烟来电话了。"陈艾玲将手机调成了扬声器模式。

　"喂？"

　"大家现在到哪啦？"

　"距离周家村不远。"

　"我刚才查新闻发现小石头乡发生命案了，你们可一定要注意安全啊。"

　"命案？"陈艾玲担忧地看向周杏白。

　"早上在电话里听妈说了，还没想好怎么跟你们讲。死的是周坪叔，害他的是王家村的王力。二十年前两人一起去南城打工，坪叔赚了大钱而王力两手空空。嫉妒与自卑让王力在前些天借着酒劲把坪叔推下楼摔死了。坪叔人特别好，帮助我们家不少，死得太冤了。"说到这里，周杏白面色暗沉，她仍记得高三时托周坪买过学习资料，可惜世事变幻莫测，眨眼间已人去楼空。

走进周家村时，三个女孩都感觉到气氛紧张而诡异。

"王力也太嚣张了，敢杀我们周家村的人！"

"小村子的人敢杀咱大村子的人，我们就应该把他们全灭了！"

"你疯了吗?!杀人可是要偿命的！"

"可我就是咽不下这口气！"

……

村民议论纷纷，听得周杏白百味杂陈。比起恼怒，悲哀更甚。她不知道自己为何没那么生气，也不理解其他人为何要偏激到"全灭了"。本是个人恩怨，却被极端分子上升到一场村与村之间的斗争。在他们摇旗呐喊之时，那些被憎恨的人全都戴上了相同的面具，失去了差异与灵魂。

人们总是热爱以多数人利益的名义反抗，以此获得势利的掌声和廉价的尊严。

三个女孩沿着路边的杂草走到一座两层小楼前。房子不小却与城市中的富人豪宅相差甚远,花纹结构都有点俗气。这是村里人一砖一瓦亲手盖起来的,因为接天接地,便也相当于城里人的独栋别墅了。

周杏白拿出钥匙打开了门,屋子里十分空旷,家具很少。"妈,我到啦!"

楼上传来一阵脚步声,一个瘦弱的女人从楼梯快速走了下来。

"回来就好。"说话的是周杏白的母亲沈小翠。她的面容有些憔悴,像是几天没睡觉。

"妈,你是生病了吗?"

沈小翠摇头,"王力被警察抓走了。大家都觉得你坪叔死得冤屈,为这件事嚷好几天了。你知道隔壁的周瘸子吧,这个可怜人啊,天天也在喊着报仇。报仇的事将村子搅得鸡犬不宁,我也成天睡不好觉。"

"周瘸子以前也没少欺负坪叔。"说话间,周杏白握住了母亲的手,"妈,我给你买了电动洗脚盆。快递过两天就会送到。"

"闺女越来越懂事啦!"沈小翠的脸上笑开了花。

在周家村逗留片刻,三人朝着居水寺方向走去。一路上梅雨同陈艾玲吵个不停。谈到王力可能被判死刑时,两人有了很大分歧,仿佛两位律师在辩论。梅雨主张血债血偿,而陈艾玲认为死刑解决不了社会问题。

"你可曾想过坐冤狱的人?若是被执行了死刑,哪怕多少年后真相公开,他们也只能死不瞑目,而活着就有希望。"

"今天你不把杀人者杀死,将来他便可能从监狱里出来杀死你!"梅雨不留情面地反驳。

"杀死杀人犯的人和杀人犯又有什么区别?人间的审判并不精准,普天之下皆为凡人,哪怕以一群人眼中的正义为名,也没有资格夺走他人的生命!"陈艾玲想起儿时在竹木镇听到的枪声,哀痛而认真地说,"责任不只在于犯错者本身,社会的多重因素是追究不完的。谁又能跳出俗世,将没经历过的、别人一生的恩怨理清,让主观的归责化为真理的火焰?"

"但世界的运转需要规则,能停止杀戮的只有杀戮!"

"你可以杀死杀人的他却不能杀死将来的他!每个人都是无限自己中的一种可能,如果你剥夺了他活着的资格,那就是杀死了无数的未来之他,杀死了无数个人!"陈艾玲的眸光很亮,亮得有那么一束照进了梅雨的心底,让她觉得刺眼又厌恶。她最烦这种救世主情结了。

影子无法拥抱光明,却可以与黑暗把酒言欢。

"陈艾玲,你不要因为害死了我爸就觉得什么都值得宽恕。他本来就是自作自受！做错事便应该被惩罚,杀人也理应偿命,至少能让受害者的家属得到安慰！"

梅雨的一番话让陈艾玲很羞愧,同时又深觉毛骨悚然,"复仇的短暂快感后,是无尽的空虚与悲凉。比起一死了之、去黄泉路再捅死者一刀,在忏悔与赎罪中度过余生才是真正的惩罚。"

"你⋯⋯"

"梅雨,那么如果有一天,你杀了人呢?"陈艾玲也急了。

对面的女孩没有回答,只是一味地低着头,厚厚的刘海挡住了双眼。陈艾玲以为梅雨终于明白了,却没有看到她刘海下面晦暗的眼睛。"如果有一天我杀了人,当然是嫁祸给你啊。"

"那希望我们都能活。"说完陈艾玲笑了。

这时,周杏白赶紧过来打圆场,说大家其实没有那么大的分歧。不过紧接着,在寺庙参观的时候,两人又发生了点不快的事情。按梅雨的意思,只是写篇学年论文,来寺庙搜集点资料、拍拍照片就可以了,剩下的时间应该留着去山里看风景。而陈艾玲坚持要在寺庙再待上几个小时。她觉得无论世道怎么变,寺庙终归有其特殊的价值,比如滋润慈悲之心。

"慈悲? 算了吧! 天天讲这些有意思吗,别伪善了! 现在的寺庙有几家不是骗香火钱？很多都是公司投资的，几年就能收回成本。"梅雨借题发挥，直来直去。她之所以总是冷嘲热讽，不是因为陈艾玲的品行，而是因为难以压制的愤世嫉俗。当然，尽管表面上她一次次说服自己父亲的死是自找的，内心却从来没有真正原谅将父亲逼上绝路的人。

回周家村的路上，漫天都是火烧云。想着周王两村的磨刀霍霍，陈艾玲有点不喜欢这些云朵，总觉得那色泽太像鲜血，一不小心就会烧到人间。回忆起含翠湖旁的落羽杉，她对人的愚蠢是近乎无望的，也许大自然中看似卑微的生命反而藏着最为坚忍的神明。另一边，梅雨似乎早已习惯了世态炎凉，世界本来就是残酷的，随机应变就好。

两个女孩所争执的居水寺以及两个村庄的怨念，最终全毁灭于一场突如其来的山洪暴发。当然这都是后话了。在共同的灾难面前，人类的仇恨是那么微不足道，无论谁成了赢家都终将面对死亡。本就难以长存的世界，又何须去摧毁？再美的雪花也无法飞越整个冬天。

33

海水澎湃而来,带走泥沙与碎壳。哗啦哗啦的浪声,把一切冲刷干净又埋藏到深海。梅雨再次来到海岸,将一张写满遗言的纸放到了小木屋里。

而后,她穿着单薄的白裙,赤裸着双脚,朝大海走去,每一步都很沉重。薄暮之光落在一只小螃蟹身上,它横着爬几步,钻进了小洞。

苍白脚趾踩到了沙中的玻璃碴,被刺出鲜血。望着无边大海,梅雨平淡得几近麻木。一个人决定不了怎样来到这个世界,但可以决定如何离开。如果海水有情,钻入她的五脏六腑,把心涤荡干净就好了。

"站住!"背后传来一道声音。梅雨稍转过身,看见了周杏白。

"小雨,能不能先跟我聊一聊? 我真的可以理解你的心情!"

"共情对方遭遇,表达尊重意愿,找到核心问题,激励对方能力,价值再重建。"梅雨立即答毕。

"什么?"周杏白呆住了。

"杏子，你说过那些是老师讲过的五步骤。一个都不能错，不然会减分。"梅雨苦涩地笑着，"我也是学心理学的，你救不了我。"

"到底发生了什么事？"

"陈艾玲是我害死的。"

"不可能，你明明是最想抓到凶手的人……"周杏白细声说着，然而当梅雨再回头时，她已经不见了。

"罢了。"

冬天的水淹没到腰间，冷得仿佛把人切成两半。刚刚还在空中飞舞的白裙不仅失去了自由，还变成了梅雨贴身的牢笼。慢慢地，长发也快湿透了，黏黏地粘在她的后背与脖颈上。

悲伤说不出口，只能化为一抹若有若无的笑容。水流进入了眼睛，景象渐渐看不真切了。只觉得海浪终于汹涌到了脸上，海水是咸的……

"童童！"另一道来自内心深处的熟悉声音。回头望去，一个穿着碎花裙的女孩正站在沙滩上喊她回来。

陈艾玲?! 这到底是怎么回事……紧接着被海水呛了几口，意识逐渐看不清晰，再次醒过来时已经躺在了岸边。而陈艾玲就坐在她身旁，手中握着一朵橘色的花。仔细一看，其实是一团毛巾被的丝线。这东西好眼熟啊，好像在哪里见过？

"人又不是你杀的，你向警察说清楚就好了，为什么要害我？"陈艾玲松开了握着橘色小花的手，潸然泪下。

"我也不知道，害你的是另一个我。"梅雨无力地闭上了眼睛，泪水同时奔涌而出，"我唯一知道的就是自己的灵魂很肮脏。不要难过了，我马上就去陪你。"

"不，童童是我见过的最干净的女孩。"

"童童又是谁？"梅雨睁开眼，差点忘了问一个重要的问题，"你不是死了吗？"

"我一直活在你的心里。"陈艾玲以肉眼可见的速度变成了一个小女孩，那正是梅雨很久前常做的梦里的小姑娘。此时，这女孩再次提起了花篮，"你活着，我就活着。"

而后，又是那重复了无数次的剧情，天空蓦然巨响，大雨倾盆，水波逆流而上。女孩莞尔一笑，把花篮递了出去。这是梅雨重复梦了这么多次后，第一次成功接过对方的花篮。梦里的姑娘既像陈艾玲，又像是另一个她自己。

34

梅雨无法面对内心的苦楚,经常提着酒瓶到处乱晃,说着不知所谓的胡话。

不怎么清醒时,紧绷的神经才能放松片刻。日子看似难熬,只要浑浑噩噩同样会过得很快。一晃半个月过去,她的衣着完全换了风格,总是穿着人字拖和褶皱不堪的碎花裙,剪得乱七八糟的短发被随意扎成一个揪,仿佛颓废的外表能给她安慰和自由。

"梦里戏中人,梦外人中戏……"

"可以聊聊吗?"一个男人端着酒杯过来搭讪。

"我跟你很熟吗?滚!"梅雨彻底破罐破摔了,巴不得有人能因此将她弄死。

男人惊呆了,刚想再说什么就被身旁的酒保拉到一边小声制止了:"别理她,这女的疯了,失个恋全世界都欠她的!"

紧接着酒保转过身,尴尬地把一杯冰蓝色的酒放在女孩面前:"您的酒调好了,别跟坏人一般见识……"

等酒保走向另一边后,梅雨才低声道:"再坏也没有我坏。"

话音刚落就被人拍了肩膀，顿时火冒三丈，"都说了我们不熟，滚开！"

"是我。"熟悉的声音在耳后响起，梅雨只觉得心漏跳了半拍，瞬间清醒，连忙道："你认错人了！"

"不可能。"

女孩心虚地回过头："你怎么在这？"

对视的刹那，两个人都愣住了。

"你怎么这么憔悴？"

两道声音同时出现，而后便是长久的沉默。几分钟后，顾澈才坐到了梅雨身旁："你不是说去旅游了吗？"他皱着眉担忧地看着梅雨的眼睛，那里不知不觉地流下了一串泪水。

"啊？我都没发现呢。"梅雨随手抹掉眼泪，"最近结膜炎有些严重，眼睛不能吹风，否则就会流泪……"

可是现在根本没有风。顾澈不放心地端详着梅雨，只见她头发破碎而凌乱，小巧的骨架愈加弱不禁风，皮肤苍白得吓人。

梅雨也盯着顾澈，总觉得这个男生和过去不太一样了。以前的他也有这样浅浅的胡茬吗，那双眼睛为什么忽然让人觉得好忧伤？握酒的熟练姿势是怎么回事，明明之前不太爱喝酒啊？

"为什么哭?"

"你先回答我来酒吧做什么。"

"还钱,上次来忘带了。"顾澈烦闷地撩起额前的碎发,眼神有些躲闪。

"还有上次! 你不是说过不喜欢这里吗?"梅雨小声质问。

"是啊。但现在的我并不是那时的我。"

梅雨凑近他闻了几下:"好浓的烟味。"她狐疑地抬眼看他,而他只是触目惊心地盯着对方脸上无数的泪痕。

"顾澈同学,这么重的黑眼圈,你不打算解释一下吗?"

"前阵子去看熊猫,被传染了。"

"呼——算了。"梅雨气得别过头去,将酒一饮而尽。

"最近经常喝酒?"

"当然,啊——不是,只有今天……好吧,我就是天天喝。"梅雨看着顾澈,总觉得不可能瞒过他,还是说了实话。

"为什么?"

"啧,还能因为什么啊? 难不成是杀了人?"梅雨本想假装开玩笑直接忽悠过去,却发现对方的眼神突然变得不同,仿佛在期待什么。

她失笑,猛然把脸凑到了他的面前。二人的鼻子只隔着几寸的距离,昏蓝灯光照着侧脸的轮廓,多么浪漫的一幕,却被女孩冰冷的话击碎："其实你已经知道了,对吧?"

浓烈的蓝色光晕映在梅雨脸上,她清楚地看到对面人眼中自己狼狈的模样。顾澈的五官在光线下变得晦暗不明。

"我没想到你也知道了。"他低声说。

"你是怎么发现真相的?"

"推理。"

"我是前些天从几封没有寄出的信中看到的,没想到这份丢失的记忆竟然……"她伤心地垂下头,咬着嘴不让自己哭出声来。咬得太使劲了,流出的血把苍白的唇染上了鲜艳的红色。

"顾澈,你明不明白,我的过去把未来全毁了!"

"就算沉没了理想之皓月,但仍有现实之繁星……"

"但他们终将熄灭! 我也快熄灭了!"梅雨盯着调酒师手中的鸡尾酒,里面有气泡汹涌而出,又转瞬即逝。

"总会找到出路的,别飞蛾扑火……"

"是命运的火焰扑向了我!"她痛哭流涕。

顾澈注视着眼前的女孩,那不沾胭脂的面容,在这一刻显得好悲伤。头绳早已掉落,几根头发混着泪水黏在脸上。

"梅雨,最近我知道了不少事情。陈艾玲在父母离异后与奶奶相依为命。"他边说边把捏扁的啤酒罐投进了远处的垃圾箱,"如果你真觉得对不起她,就去帮帮她在世的亲人吧。"

35

从梅雨破案最开始,顾澈就在思考一个问题:既然刘梨传给陈艾玲的短信是真凶发的,那真凶一定同时熟悉这两个女孩。如果凶手并非陈艾玲,又是如何获得的不在场证明?他去调查了下和陈艾玲、刘梨都相熟的人的说辞,发现都很有理有据。

而后,顾澈就一直陪梅雨按她的思路破案,没再想不在场证明的事情。两周前的某天他来小树林还《李煜词集》,这才察觉到后屋是没有监控的,只有前门装着摄像头。大胆地想想,要是从前门进后门出,作案,再在一段时间后从后门进,并让店员坚信凶手一直在书屋,最后再从前门出,不就能利用蒙太奇巧妙地伪造不在场证明?

他知道这真的很绕,但去验证一下也未尝不可。相信凶手既然如此谨慎而聪明,一定会精心制造不在场证明。由于梅雨突然说去外地旅游了,顾澈决定独自找找线索,之后再告诉她。

来到书屋,询问每位书店人员是否曾为别人做过不在场证明,结果真发现有个叫赵茉的店员替人做过担保,还正巧是七月十七日。顾澈把赵茉带到书店外一个没人的角落,问她当时是否有人在后屋看书并且给她制造了某些难以忘掉的回忆,赵茉惊讶地说的确如此。

"那小姑娘特别爱看书,七月十七号在这看了一中午,午饭都没吃,本来以为她下午会走,没想到我晚上去的时候她仍然在,还激动地给我讲了各种书里的情节。"

"她是谁?"

"一个叫梅雨的学生,"赵茉奇怪地看着眼前人猛然变化的神情,"怎么了?"

"哪个梅雨?"

"就是梅雨季节的梅雨呀。她的声音很好听,人还特别热情,没聊多久就报出了名字,说想跟我交朋友呢。"

"……"她不是想要交朋友,只是渴望您能作证罢了。男孩的心彻底乱了。

顾澈都快忘了是怎么回家的了。他只是设身处地想了如果自己是凶手该怎么伪造不在场证明,便恰巧撞上了梅雨的选择,真是悲惨的心有灵犀。

可能哪里弄错了,说不定梅雨那天确实一直在书店看书?但如果真是这样,她的失忆又该怎么解释?为什么陈艾玲死后不久,梅雨判若两人?种种迹象都太奇怪了。

他去超市买了些烟,甚至逃了好几天的课去酒吧。宿舍也没回,给室友们的解释是有急事去外省。在桃源寺旁的房子里每天昏昏沉沉,桌子上堆满了酒瓶,了无生趣。

消沉了好多天,直到门被人咚咚地敲。以为是哪个送错的快递,打开门才发现是室友梁川。

"砰——"

"喂,别关门呀!好歹我也是你死党。"梁川又敲了起来,利落的板寸都仿佛要炸毛了。

片刻后,他站在房间里发呆:"天啊,地震现场吗?我像极了灾区记者。"这被抢劫过一般的屋子到底经历了什么。

"你怎么知道我没去外地的?"顾澈靠着墙,又打开了一瓶啤酒。

"昨晚路过时听到钢琴声了。"梁川在废墟里找着能坐的地方,发现根本迈不开腿,"而且这个借口早就被用烂了。"

顾澈忽然想起,梅雨似乎也说去了外地。

"哥们,到底出啥事了?"梁川干脆坐在了地上。

"解释不清。还记得导师提过的那个悖论吗,普鲁塔克的忒修斯之船。"

"嗯,"梁川模仿着导师的口音说,"一艘船在海上航行,每块腐烂的木板都会被立刻换掉,等几百年过后,它所有的部件都被替代了,还是原来那艘船不……"

"我觉得它已经名存实亡了。"顾澈用食指敲打着手中的酒瓶,"人也是这样,没有了记忆就等于过去的灵魂死了。"

"你不会还在想顾芮的事吧? 得了,我帮你收拾屋子。"

他们在沙发下面找到了电脑,又从几袋薯片底下翻出了一只猫。

"喵呜。"布丁睁大了眼睛,无辜地看着房顶被掀开。

"……"

半天过去,房间终于收拾好了。梁川对正想说"谢了"的顾澈挥手告别:"记得没事帮我找点论文资料啊。"

大门关上,空荡的房间里,站着男生与猫。

顾澈将布丁拎到了书架上,像是放置了一大块橙色的果冻。

"喂,布丁,你说人没了记忆真的会变吗?"

"喵?"

"以前的梅雨跟顾芮一样喜欢吃布丁,而现在的她改成了喜欢你。当初决定叫你布丁多少也是因为顾芮,没想到这么阴差阳错。"

"喵喵。"布丁舔起了爪子。

"其实失忆也挺好的,可以重新有一颗赤子之心。让这样一个人坐牢,有什么意义？人生本就是获取经验的过程,不同的经验塑造不同的自我。既然她已因失去那些经验而变得不同,就不要再逼迫她想起。"至少这一刻,他真心地认为梅雨所犯下的过错已经随着记忆流走了,总有一天会被时间冲刷干净。

　　而另一方面,顾澈还心存侥幸,希望自己关于梅雨是凶手的直觉从一开始就是错的。

　　将桌上的最后一瓶酒喝完,他有些晕,脑海里无限循环着一句话——

　　"给予她的裂痕一束光,让她借着那光明重新生长。"

36

"我们砍掉生命,是为了创造生命。"一种人类独有的口吻。

一百年前,一场战争使含翠湖边的大树全被砍去造船了,唯独年少的我逃过一劫。独自生存比死亡更残忍,我见证着千树天堂变成乱葬岗,并永远失去了家人。

小时候,我不愿与哥哥们争夺阳光,冥冥之中觉得在土地深处藏着另一个太阳。长此以往,便习惯了倒着生长。许多老树认为这很幼稚,而我相信那数不尽的根是我向下开出的花朵。

记忆中,湖边的土地弥漫着清气,生活快乐。直到某个冰冷的日子,巨斧掀起风声,我亲眼看见家人们无力地躺在地上。小小的我不懂死亡,只觉得这样躺着一定很凉。

至亲已死,要家乡何用? 仅仅是一片故土罢了。

更可怕的是仿若无尽的活。若干午后我终究会成为高树,或许某天也将被人当作上好木材砍去建船。生时潜心爱着泥土,死后却要被迫皈依大海,再也无望看蝴蝶飞舞、陌上花开。

时间如流水，荒地变成了镇子，越来越多的人来到含翠湖边。不过这次，他们带来红绳把我当作了许愿树。

　　"这棵落羽杉可真高。"父老乡亲因为枝繁叶茂而被杀戮，我却因此得到供奉。身处不同时代，结局南辕北辙。

　　不可思议的是，没过多久，我竟从枝叶中发现了神秘的萤火，能够帮助有缘人实现夙愿，甚至与诚恳的生灵对话。

　　无数人踩着梯子把写着心愿的红纸系在树枝上，我却无意给予恩惠。后来，我爱上了一条凌霄藤，她环绕着枝叶呼吸，用爱情冲淡了怨恨。不久后，湖边迎来第一缕放飞的萤火。

　　可惜那时的我并不明白，谁都无法决定这世界何时光辉灿烂，即使让自己变成光。

　　多年后，一个打了败仗的军头路过这里，由于许愿不灵，郁闷地对着我开了一炮。随着湖水震起波纹，我烙印了终身残疾，一半枝叶灰飞烟灭。凌霄藤也因此奄奄一息，仅剩的根被路过的女人挖回家种植，没有任何商量的余地。比起永恒的生离，我宁愿就此死别。

　　见半边枝叶化为乌有，众人都叫我"倒霉树"，不敢再来许愿了。

　　又过了若干年，湖边来了个小女孩，也就六岁。她是这段时间第一个靠近我的人类，而我迫切地想报仇雪恨。每个红豆相思的时辰,脑海中都会浮现人类的演技高超与忘恩负义。

黄昏的光柔柔地洒在湖畔,小女孩背对着我放风筝,而我挥舞起枝条,狠狠抽向了她的后脑。就在即将碰触的刹那,她忽然回头,惊奇地看着我的枝叶,天真地笑了。

傻孩子,从今往后,你再也无法回家了。

可是为什么,你浅浅一笑,我就忽然原谅了整个世界。

之前所经历的一切苦难,仿佛都是为了在这一刻遇见你。满盘皆输又怎样,我只想再看你笑一次罢了。

枝条没有打到女孩,而是不小心割断了画着燕子的风筝,它飞远了。

"抱歉。"枝条的抚摸让几缕萤火进入了她的心尖,我们可以用心灵对话了。

"没关系,它会去天涯尽头变成燕子,再飞回来!"女孩抬起头,笑得温暖,"奶奶说过,所有的燕子都曾是风筝,飞久了才有灵魂。"

我恨了那么久,却差点杀死了世间最温柔的姑娘。更讽刺的是,从那以后,她每天都来湖边玩,等待燕子飞回。

"我叫玲玲,你叫什么?"

"落羽杉。"

"我怎么总觉得你板着脸呢?"

"树没有脸。"

"那你就是板着心!"

"我只是不会笑罢了。能在我身上画一个笑容吗?"

"嗯哼。"玲玲边说边掏出一支黑马克笔,在树上画了个笑脸。这一看就是她的杰作,嘴角高高扬起,傻得不行,"以后,要快乐哦。"

朝朝暮暮,树旁多了一个小女孩。

当卑微的神遇到渺小的人,我们相依为命。

"落羽杉,你身旁为什么会有这么多凸出来的小泥人?"

"湖边的土地潮湿到缺氧,那是我长在地面上的呼吸根。"

"这明明是一群泥菩萨呀! 有的在冥思苦想,有的在低头默哀……"玲玲蹲下身,仔细打量着泥人状的呼吸根们,"我也想当菩萨耶!"

而后,她缝了个穿碎花裙的小玩偶放在泥菩萨旁边,假装那是自己。"这是我的分身,玩耍的时候就由她来替我修炼啦!"

雨天,玲玲不能来树下,分身却可以。瓢泼之间,它与泥菩萨们似乎真的都在苦修,皆是一副快要顿悟的模样。某个雨夜,我竟梦见那玩偶发了芽,枝条萦绕着树干越长越长,化

228

作了曾经挚爱的凌霄藤。然而我在梦中变成了人，只能牵着玲玲的小手，远远望着她。

很多爱笑的人心里都住着一个悲伤的孩子。有段时间，玲玲好似丢了魂一般，成天红着眼圈坐在我身旁，紧紧抱着一罐白雪。我不知道发生了什么，只能安静无言地陪伴。从那以后，她经常莫名地流泪，流下我触碰不到的伤悲。

某天晚上，玲玲突然转过身，使劲抱住了我。被拥抱的感觉好快乐，可惜我从来不能主动抱住谁。"马上就要过年了，真想带你回家。"她说着，露出了近日的第一抹笑容。即使美丽一如既往，我仍觉得有什么东西悄然改变了。

每逢新年，镇子里就会张灯结彩。我不喜欢这样喧闹的夜色，但想想玲玲也在开心地挂灯笼，便释然了。

孩子们跑来湖边放烟花，嬉笑着追逐。混乱之中，有个小孩竟然把鞭炮扔到了树旁。火焰纷飞，我的呼吸根在枯叶中燃烧。

"啊！树烧了。"

"危险！赶紧回家吃年夜饭吧。"

居民们看到奇异火光，纷纷聚来又散去。人影绰绰，眼神是一样的淡漠，谁都懒得阻止这场突如其来的火刑。孩子们吃着糖葫芦，大人们忙着拍照，所有的人似乎都很忙碌，只有我正在忙着去死。

我痛苦地挣扎，死亡的气味越来越浓。在意识逐渐模糊时，远方出现了个小女孩。是玲玲她提着一个袋子，戴着喜气的红色小帽。

"落羽杉，我偷偷买了点营养液给你当新年礼物，也算沾沾年味啦。"她步伐轻快，开心地晃着装了一大瓶营养液的袋子。

"别过来！"

玲玲抬起头，远远望见我身旁的大火后，整个人都愣住了。层层火焰从外围的呼吸根往里烧着，过不了多久就将燃到树干。她本能地后退几步，袋子也掉到了地上。

"都愣着干什么，不救火吗?"玲玲焦急地大喊，可人们纹丝不动，甚至仍在拍摄短视频。湖水就在旁边，愿意救火的却只有一个孩子。

玲玲失望地站在湖旁，凝视着我，眼中尽是复杂的悲伤，甚至摇曳着一点火光。就在我即将做最后告别之时，她似乎想通了什么，泪流满面地向我冲来。

"如果连最好的朋友都救不了，我也不想活了！"

女孩小小的赤色身影，就这样穿过了冷漠人海，带着狼狈的鼻涕与泪水，猝不及防地冲进了我的心。

玲玲一遍遍穿过呼吸根间的空隙来到树干旁,将微弱的水花泼进里层火焰,尽量不让它们烧到树干。这是极其危险的,如此一来,她也随时可能被烈火包围难以抽身。人们像看疯子般看着她,议论纷纷。有些人因此心软了,参加了救火,但更多的人仍停留在自己的视频蹿红网络的幻想里。

恍惚中我还听见有小孩说这棵树是他见过最美的烟花。

生死之间,玲玲的面容在火光中若隐若现,美丽非凡。我有无尽星辰想说给她听,话到嘴边却变成了:"你也太傻了。"

"不,我只是在守护我寻找了多年的神灵。"女孩边救火边深情地看着我。

"玲玲,"我忽然有些明白了流泪的感觉,"其实……你也是我的神。"

地上的小菩萨们愈燃愈烈。红光映照着他们的身形,好似一场盛大的渡劫。浴火死去的同时是前所未有的鲜活。他们高矮胖瘦不一,但都于烈火中纹丝不动地念着佛经。看那谦卑的姿态,似乎仍在为众生祈祷。

燃烧的大树旁站着红裙姑娘,周围是一群祈祷的泥人。火光在黑夜里好灿烂,带着烧焦的木香。不远处湖水静谧,偶有细细的波痕。在这不眠之夜里,我与玲玲赌着世界最后的良心。

好在苍天配了老花镜，看清了我们不该如此死去。一场大雨，救了我们的命。

数日后，玲玲再次来到含翠湖。湖边雾气弥漫，阳光在我身旁染上了淡绿色。条条树枝好似墨绿的烟，轮廓朦胧。女孩拿起包中的马克笔，静静地画着。之前的笑脸变浅了，还得重新描一遍。她画得专注，仿佛在勾勒一颗心。

也曾幼稚地想，要是墨水能画到灵魂上就好了。如此一来，死后我们仍能相互认出，一起含笑前往来生。下辈子，我想当一次人类，在每个雨夜拥你入怀。

世事沉浮如白云苍狗。如今，人类在手机里种了一棵许愿树，开始将它当作神明。玩手机时间越长，实现愿望的几率就越高。竹木镇的人纷纷前去烧"电子香"。

同时，附近的萤火越来越少。玲玲开始查阅各种关于许愿的灵异消息，最终从一本古书中得出了结论——相信，才有萤火的光芒。我的确是在被唤作"许愿树"后才发现了枝叶中潜藏的光。

人们祭拜起了手机中的树，我自然也不再是神。多亏了还有玲玲信我，最后的萤火没有寂灭。她比我更像一棵树，没有枝叶却长着无尽的根，能够拉起坠落到地狱里的人。那些忏悔的流亡者，被判处无尽煎熬的人们，都将得到救赎。

大自然的伟大在于没有给予任何生灵通向永恒的权利。我终于要死了。有一天,镇子上的一家棺材铺决定锯倒活生生的我去做棺材板。经过这么多年,我已经不想再恨谁了。

"玲玲,买走用我做的棺材吧。"

"不,如果可以买,我仅愿买下活着的你!"

"成为棺材,就意味着将陪伴一个人度过死后的朝夕。只希望,那个人是百年之后的你。"

玲玲没有答应,而是把父亲拉来帮忙。我记得这个男人,他曾经向我讲过很久心事,抱怨妻子怎么也怀不上孩子,全家都急坏了。

"我真的很爱她,至死不渝。可我同样在乎我的母亲,她很想我留下后代,无论男孩女孩。但愿您能保佑我们,诞下一个美好的孩子。"就这样,在绚烂而难以理清的缘分里,玲玲来到了世间。随手放飞一点萤火,怎料从此明月相伴。

玲玲的父亲没能阻止这场杀戮。他有先天性心脏病,甚至不敢与棺材店的老板发生过于激烈的争吵。很不幸,玲玲也有着相似的病症。就像善良是一种与生俱来的绝症,或许对于这荒唐的世界而言,所有懂得怜悯的心都有病。

在我被锯之前,女孩带着红纸来到含翠湖畔,这是她第一次许愿。我常常想直接帮她消除心脏病,给予她各种清霁前途,可是小神无法实现自己的愿望。幸好,玲玲终于还是许愿了,这是她应得的,无论什么我都会答应。

"我希望,你能在最温暖的春天重生。"她的眼中有亮晶晶的泪水,仿佛在孕育星辰。

"现在修改愿望还来得及!我没你想象中那么好,第一次见面时甚至想害你啊!"我哭了,声嘶力竭。

"但是你把我的风筝变成了燕子!"

"你说什么?"

"也许,我就是那只燕子。"

多年以来,我见证了无数愿望,求功名利禄或平安健康。然而,只有这个女孩是为我这棵心胸狭隘的树许的愿。

你可曾在烧香时祝愿佛祖更加"智慧清明",可曾对耶稣说过"保重身体"?

东风浩荡,大地终将回春。玲玲啊,逃离不了尘世的烟波,就淡然漂泊,但切记要永远素洁、清澈。

我将等待花开,这比等待复仇容易多了。当惊蛰来临,冰河裂开缝隙,我会开出长情的叶子,像曾经的你一般翘首以盼燕归。

那时,我要学会笑。

那时,我一定将你拥抱。

37

炉灶上正在做排骨汤。火熬两小时后加入莲藕和枸杞，醋放少许，盐和香菜最后轻加，如此更能突出鲜嫩的原汁原味来。做好后，女孩用勺子盛上一口尝了尝，见味道不错，满意地点了点头。

是梅雨，时间来到了两年后的春天，这时她已经从西海大学毕业。

推门走到院中，恰逢落英缤纷。看着那徐徐坠落的花瓣，女孩心生感慨。她从未幻想过，身为罪人还能安恬地活在阳光之下。

"小雨……"苍老的声音从屋内传来。女孩连忙跑去，搀扶老人来到小院的餐桌前。

"奶奶，我还差排骨没端，您稍等一下。"梅雨回到厨房，将排骨捞进盘子里，洒上酱油和芝麻。香气飘到了里屋，一只金毛流着口水跑来，眼神发光。

"来，愚公。"梅雨从旁边的碗里拿起一根带着些许肉的骨头，"喏，早给你准备好啦。"金毛迫不及待地咬住骨头，兴奋地摇着尾巴。

毕业的时候,宿舍里的姐妹各奔东西,梅雨把豆包留给了刘清烟。起初她还总让刘清烟发点豆包的照片,慢慢地也淡忘了。现在,她的生活里只有奶奶和愚公。

将排骨端到餐桌上,梅雨坐到老人对面,温声道:"清蒸鲈鱼、干煸豆角、鸡蛋羹,还有莲藕排骨。您尝尝味道,这次像她做的吗?"

"有三分相似了。"

"到底是哪里跟玲玲做的不一样呢?"

"永远不会一样的,傻孩子。"

"为什么?"

"你做的是佳肴,她做的是炸药。"奶奶无奈地摇头。

"炸药?"

"哈哈是这样,玲玲总能把菜炒煳,我可不希望你跟她做得像。"

答案有些出乎预料,梅雨笑出了声,视线移向身旁正在睡觉的愚公。这只金毛是很多年前陈艾玲从市场上买回来的,如今也有十几岁了。说来奇怪,愚公似乎对梅雨很熟悉,初次见面就仿佛久别重逢。

"快吃吧,别等饭凉了。"奶奶笑着给梅雨夹了块排骨。

晚风吹过,小院里虫鸣不止。院外有孩子放学回家,边走边跟外婆撒娇说想买冰棍。更远处，是一望无边的田野，在这浪漫的小镇，生活是多么轻松而饱含情趣。

遥想两年前，梅雨初来乍到，对竹木镇很陌生却又好似在梦中见过。那时的她刚刚得知过往的不堪，眼睁睁望着云中大道通向了无尽深渊。

在顾澈的鼓励下，她决定以保姆的身份来到这里照顾陈艾玲的奶奶。当时，她诚惶诚恐却又满面笑容，温婉的样子像极了老人不在人世的孙女。

"奶奶，这是我能做的仅有的赎罪了。"梅雨在心里这样说，却只喊出了"奶奶"二字。她甚至觉得没资格说对不起。就好像一个人做了错事，还要为了让内心舒坦去道歉一样。

而老人之所以愿意留下这个孩子，仅仅是因为那句动听的"奶奶"。她知道孙女不会再回来，可内心深处还是想身边有个人天天这样叫她。哪怕每次从幻想中回过神来都难免更加哀伤，也心甘情愿。

吃完晚饭，梅雨将两个藤椅搬到了院子里，与奶奶一起乘凉。小镇的星星很亮，比城市的迷人许多。还记得几年前，她曾与顾澈躺在屋顶看星空。那时的她心怀梦想与爱情，无忧无虑地说着星星并没有多好看。

如果你的寄托在人间，那么星星就是一粒远方的沙尘。

如果你对人间无所希望，星星便是你种在宇宙的永不凋零的玫瑰。在那里有无数美好，有一切可能。而你只需轻轻抬头，便能闻到来自远古的花香。

星星是万物的知音，尽管它孤独地来，又孤独地去，甚至孤独地环绕。

梅雨静静地想着，不知不觉间困倦得闭上了眼睛。身旁不时有风拂过，清凉又舒服，恰到好处地解去了夏日的燥热。睁开眼才发现这根本不是晚风，而是奶奶在为她扇蚊子。

如果您真的是我奶奶就好了，梅雨不止一次这样想。

"我看你刚才对着星星发呆，是不是有什么心事？听奶奶的话，回头抽空坐动车去趟雨城的桃源寺，那里的签很准，说不定能解开你的心结。"

"桃源寺？"梅雨想起第一次在那里见到顾澈的场景，有些怀念。曾经以为会共度一生的人，现在已经与自己天各一方了。如果没有陷害过陈艾玲，该有多好。

"我上大学时去那求过一签，可惜没能明白意思。"

"还记得签上写着什么吗？"奶奶手中的扇子一刻没停。

"印象很深。后事兹于心，前尘心上非；因果来相报，爱恨有轮回。后两句我大概理解，可这前两句是什么意思呢？"

"你想想这些字的字形，兹于心是'慈'字，心上有个非不正是'悲'字吗。前尘悲而后事慈，一生慈悲。"

原来如此。梅雨总觉得明白后难免大喜或大悲，可这一刻，她的心是那么平静，荡不起一丝波纹。直到看见奶奶胳膊上的一串蚊子包，鼻尖有些酸涩，很多人都是这么保护自家孩子的没错，但我不是您的孙女啊。

忍住泛滥的悲凉，她继续道："奶奶，听说咱们浔城的落雨山也很神秘，有种独特的灵气?"梅雨想起了多年前杏子说过的话。

"是的，它就在含翠湖旁，真的很美。"

"是因为经常落雨吗? 跟雨城一样。"

"落雨?"奶奶有点疑惑，思考片刻不禁笑了起来，"你不会以为那是座山吧?"

"难道是场雨?"梅雨眨巴着眼睛，一脸无辜地猜着。

"哈哈哈，落羽杉分明是棵杉树呀。"

"啊?"梅雨红着脸，想挖出个地洞来。

时间慢慢地流淌。有一天，奶奶生病了，将梅雨叫到床边。

"小雨，你的梦想是什么?"

"好好照顾您。"

"傻孩子,大可不必如此。我时日不多了,可你还年轻,还有很多事情要做。有些话我放心里很久了,该和你说了。我们家玲玲特别善良,哪怕你欠了她天大的债,只要诚心悔改都能被原谅。"

梅雨大惊失色,没想到奶奶早就看穿了她的身份与心事。

"汪汪!"愚公跑过来舔着女孩的手,好像在说"我也不怪你了"。越是感受不到指责,梅雨就越不知情何以堪。她抱着愚公泪如雨下,一遍遍重复着"对不起"。

奶奶摇头,脸上浮现出一丝笑容,递给梅雨一把钥匙,"去玲玲的房间看看吧。用钥匙打开那里的白皮箱,你会收到春天呐。"

梅雨摩挲着钥匙,想起了她的童年日记。

那时,似乎也有个女孩说过要送她一个春天。

38

阳光是鹅黄色的窗纸,给天地透上一层朦胧的暖意。小朋友们正在午睡,老师也困倦地闭上眼睛,浅浅地呼吸。空气中弥漫着野姜花的清香,万籁安宁。

离窗不远处,一条被子突然翻了个身,从中冒出个小姑娘。她边观察老师边对旁边床铺的女孩挤眉弄眼,"玲玲,快起来,老师睡着啦!"

"好哒童童,我刚才已经攒好一堆小丝线啦。"

学校的毛巾被总是劣质开线,久而久之便成了她们的玩具。把自己被子上的线拽出来,再放到对方被子上,明明是很无趣的事却能玩得不亦乐乎。

童童摊开手掌低声说:"玲玲你看,这堆橘线缠在一块儿好像一朵花呀!"

"是哎,我最喜欢花啦!"

"那我把它送给你。你可要拿好啦,形状破坏了就不像了。"

玲玲刚要接过毛线花朵,就听见了一道带着愠意的声音:"童童玲玲,你们都上小学五年级了,怎么还不好好睡觉?出来罚站!"负责看护午休的老师小憩结束,恢复了一向的怒发冲冠。

两个女孩被赶出了午休房间,端着小水桶在走廊上站了大半个中午。只是她们早早学会苦中作乐,继续小声地谈天说地,还做起了鬼脸。而那朵毛线花早就掉到了地上,连同窗外飞来的柳絮,被过堂风吹成了蜉蝣。

体育课时,她们偷偷跑到了学校的后操场,看校外田野能否在今天开出花来。竹木镇之所以叫这个名字,正是因为遍布竹木而无一花朵。所有的种子在变成花苞后都会枯萎,未曾绽放就已凋零。竹木镇似乎从来没有过真正的春天。

"童童,要不咱们每天中午都用毛巾被做小橘花吧?"

"嗯! 我们要创造小镇的第一朵花开!"

不愧为两个难缠的小鬼。每当老师这么说时,童童就会很开心,事后对玲玲解释道:"小鬼就是小机灵鬼!"

她们所在的小学偶尔也会举行些有趣的活动,最让人难忘的是"互换心爱物"。规则很简单,每个人都要说出最喜欢的东西,并把它的相似物送给搭档。

譬如喜欢泡泡糖的同学可以送搭档一个泡泡糖,若是家长不让买,自己画一个也可以。这个活动并不是为了实现搭档的愿望,而是让搭档了解自己的心爱之物。如此一来,小伙伴们既可以给彼此新鲜感,还能在某些方面开阔眼界。

举办时正值冬季。童童也曾穿着小棉袄问:"玲玲,你肯定是想送我花朵吧? 哪一种呢?"

"不知道,可能是梅花、小雏菊,或者满天星?"

"满天星是花吗?"

"对,它的花朵小小的很像点点繁星! 你最喜欢什么呢?"

童童看着窗外,眼睛亮亮的,"当然是雪啦! 它好纯情,永远洁白无瑕! 你喜欢满天星,我喜欢雪,你说这从天上落进人间的雪,会不会是满天星流下的泪水呢?"

"既然挑不出最美的花,干脆都给你怎么样? 我要送你一个春天!"

"那我就送你一个冬天好啦!"

玲玲家做的是花店生意,由于竹木镇从不开花,他们只能从别的地方进货,前来买花的人也出奇的多。在这个小镇,鲜花和珠宝一样珍奇,完全供不应求。玲玲跟爸爸说了想送童童许多花,爸爸的回答倒也合理:"最近人手严重不足,你要是能在本周末帮忙打理小店,我可以奖励你些花朵。"

于是乎,玲玲来到了花店,帮着布置东西,快乐油然而生。忙了好一会儿后,她坐到小椅子上休息,忽地发现有个男人正鬼鬼祟祟地往外走,手中捧着几束鲜花。

"那个叔叔在偷东西!"玲玲的叫声吸引了所有人的注意。小偷很快就被抓住了,一番逼问后众人得知他叫陆皖南。小小年纪,帮助店里抓住了一个坏蛋,玲玲可真是又惊又喜。

晚上,玲玲到小公园遛狗,刚好遇到了熟悉的人。

"童童,你手里拿的是什么呀?"

"我自己编的乐谱,也是给妈妈的生日礼物!"

"这玻璃瓶子是干什么的?"

"不告诉你。"童童调皮地吐舌,随即蹲下身摸了摸小金毛,"愚公,我可是你最好的小伙伴,好好闻下我的味道,千万不要忘记呦!"

"知道啦!"玲玲故意给小金毛配音,弄得二人都哈哈大笑起来。

她们闲聊半天,直到童童看了眼手表,"有点晚了,我得赶紧回家啦。爸爸打工一个月只歇今天,妈妈说晚上会做红烧肉呢!"

"红烧肉特别好吃,你可算是有口福啦!"

三天后。

"奶奶,红烧肉是有什么魔法吗?"

"有爱的味道罢了。"

"那为什么童童得到爱后就失踪了呢?"玲玲急得快哭了。

许多人都是这样从别人的生命里走丢的。即使再次相遇,很多情愫也都会不同。童童失踪后,玲玲还是习惯把毛巾被上的丝线拆下来,转过身却没了能够一起淘气的人。深夜到来,她辗转反侧,悲伤地望着纷飞的白雪。

童童,你是去追雪了吗?

那么此时,大雪飞回竹木镇,你也该回来了吧?

时光的齿轮向前转动,推着人们一点点被世界磨合。童童失踪五天时,玲玲和奶奶路过一个操场。那里人山人海,好生热闹。

操场中央设了一个大台子,除了主席台,上面还站着几个垂头丧气的人。他们四肢戴着镣铐,脖子分别挂着写有姓名与罪行的大纸板。等待他们的是从严从重的处罚。挤上前去,玲玲很快就认出其中一个很像是前几天被她抓到的陆皖南。没过多久,她在广播上也听到了"盗窃犯陆皖南"这个名字。

坐在主席台上的人逐一介绍罪犯们的恶行,高音喇叭振得山响。当讲话以"判处死刑,立即执行"结束时,台下的群众也跟着义愤填膺,将准备好的蔬菜、鸡蛋向台上的犯人们砸去。混乱间,竟把一个鸡蛋砸到了长官身上,"你们别扔了!

都砸到老子了!"人们这才将东西装回袋子。一位红头发女人津津有味地吃起了差点扔出去的苹果。

位于浔城的竹木镇很落后,仍采取公判大会的方式处置罪犯,这种掺杂太多感情因素的行为往往会导致判处走向极端。玲玲心中洁白的世界从这一刻开始染上了浓稠的墨水,一点点冲淡了社会的单纯假面。这是她第一次沮丧到无所适从。

"死刑"二字让众人欢呼,纷纷在心里竖起了大拇指。唯有一个女孩凭借小小的身体钻出人群,飞快地跑过去向长官哭诉:"凭什么啊? 我爸爸什么也没有拿走!"

权威受到挑战,长官立即变得怒不可遏:"谁家的孩子谁带走! 别在这胡言乱语!"女孩继续哭着,绝望地坐到了台子上。

玲玲震惊地看着那女孩,只因她不是别人而是童童。

也许这世间的确存在宿命和缘分,它们毫无章法却又因这份神秘而迷人。如一根红绳,可以牵起千里之外的姻缘,也能将人勒出血痕。一个人可以选择自己的小生活,却逃离不了大宇宙。时代的洪流终究会席卷每个人,甚至将你带入危机四伏的深海。

公判大会结束,围观的人群作鸟兽散。在看完别人的悲剧后,有些人忽觉自己幸福非凡,带着肮脏的笑意,牵起孩子的小手回家了。

当天下午,童童和玲玲听到几声枪响。对童童来说,同样不幸的是她的母亲从此精神失常,在一次出走后彻底人间蒸发了。

某日,童童梦见法场大门打开,那天吃苹果的红头发女人笑着对她说,"你妈逃跑了,但你爸的子弹费还是要交的。"

"什么子弹费?"童童警惕得后退一步。

"啧,就是杀陆皖南的子弹钱啊,难道你想让我们掏钱买子弹杀他吗?"红头发边说着边揪起童童的领口,想把她往地上扔去。

"你放开她!"这时玲玲突然出现了,狠狠地咬了红头发的手一口。红头发痛到不得不松手,然后扭过头怒气冲冲地对她喊:"你这个死丫头也不想活了是吧?"玲玲吓得哆嗦起来,口齿却依旧伶俐:"反正不许你欺负她!"

梦醒了。

童童揉了揉发红的眼睛,拿着玻璃瓶子走下了公交车。她叫上玲玲一起前往含翠湖,这片静好土地的不远处竟然就是枪毙陆皖南等人的法场。

"拿着吧,这是我承诺给你的满天星的泪水。"童童知道父亲是在玲玲家的花店被抓的,她曾跟玲玲去过那里。越想越难过,只能在心里悄悄说:"我以为你是救命稻草,可原来是致命一击。"

"为什么偏偏是你呢?"她明白这份悲剧根本就不是玲玲的错,但还是无法接受被最好的朋友间接害死了父亲的事实。

玲玲接过那巴掌大小的玻璃瓶,发现里面装满了纯白的雪,最上方晕染了一点红色。天空又下起小雪,柔柔碎碎地落入瓶中,渐渐淹没了那点红痕。

双手攥得紧紧的,玲玲低着头,滚烫的泪水落进瓶子,融化了一点冰雪。

"啧,你在用眼泪酿雪吗?"童童说。

玲玲抬起头,小心地打量着面前的女孩,"对不起,童……"

"别叫我童童!你的童童已经被枪毙了。以后直接叫我的大名吧。"冰冷的言语,有时足以黯淡一颗明亮的心。仇恨与痛苦汹涌如潮,过往灰飞烟灭,对于这两个不幸的女孩来说,可以尽情嬉笑的童年与无拘无束的本真,在这一刻彻底破碎而终结了。

"好吧,梅雨。"

冰雪飞舞,法场上的鲜血已经干涸,两个女孩都没有勇气看那个方向。

"我再也没有家人了。再见了，陈艾玲，我把冬天刻在雪花中送给你了，可你承诺给我的春天呢？"

雪越下越大，童童转身离开。当在眼前的雪花即将彻底淹没那个小小身影时，玲玲忽觉痛心断肠，哭着向童童跑去，步伐在雪地里留下了深深的烙印。离得愈近，她就愈发听清童童竟在唱歌。

远方，雪花落在小小女孩的发梢，她喘着粗气，小脸冻得通红。苍白的唇已经龟裂，口中传出的动人歌声却未止歇，带着回音轻柔地响彻在万物耳畔：

一朵云

无法触碰

无边的遥远

柔软的白色啊

在某个尽头

静静地来与回

飘到哪里

哪里就有故人

在童童身后奔跑的玲玲渐渐什么也听不见了,她呜咽着跌坐在地上,双手用劲握紧身旁的雪,泪水模糊了视线,"我定要种下万紫千红,把承诺过的春天还给你!"

而此刻,童童停止了脚步,用手心接住几片飞雪,轻轻地说:"所有的花都开过了。"

39

梅雨走进陈艾玲的房间,用奶奶给的钥匙打开了皮箱。她最先看到的是一个空空的玻璃罐,外面贴了张小纸条,歪歪扭扭地写着"童童"二字。

或许玲玲当初根本不用收集花朵,只需等天气变暖再将化了的雪归还童童即可。毕竟,雪融化了便是春天。

除了罐子,皮箱里还有一封信。梅雨将它拿出却没有勇气打开,生怕又有些让她一生不安的话语。她不敢想象过去的自己是否还做过其他卑鄙的事。

思考良久,她决定等到将万事想清时再读这封信。即将合上皮箱,才发现里面的角落仍有东西。那是一条串着稀疏佛珠的散架红绳。梅雨凝视着它,不禁摸了摸每天挂在脖子上的小佛珠。

将皮箱关上后,观察起屋子。这是她第一次进陈艾玲的房间。屋内摆放着许多书,左前方的墙上写着一竖列"星星果"。从低处到高处,字迹逐渐成熟。

"那是玲玲的身高记录,只不过每次都用这个替代数字。"奶奶挂着拐杖站在门口,见女孩盯着那里,笑着解释。

"星星果是什么?"梅雨走出房间。

奶奶的目光变得深邃,仿佛透过这里看到了多年前的景象,"那是我常给玲玲讲的故事。一个小孩来到星星树旁,勇敢地摘下了苦涩的星星果品尝,从此学会了飞翔。"

"所以,玲玲也想飞起来吗?"

"是啊,"奶奶想起孙女当时的表情,有些怀念,"其实,我并没有跟她讲完这个故事。

"在发现了那孩子会飞之后,当地人争先恐后地赶去摘星星果,最后甚至毁掉了这棵大树。吃了很多星星果的人没一个获得飞翔的本领,反而变得肥胖无比,连走路都困难。而那个会飞的孩子,也因此被当成不祥之物赶出了村子。在外面孤独地飞了大半辈子,他心里非常清楚,贪婪的人长不出隐形的翅膀,永远也飞不起来……"

说着,奶奶走向客厅的茶几,坐在蒲团上沏起了茶:"孩子,坐到我对面来。"直到茶已沏好,才再次开口:"又忘记想说什么了,记性可真是越来越差。"

"每个人都有这样的时候。"梅雨安慰道。

奶奶摇头:"太怕哪天醒来忘了所有。小雨啊,如果给你翅膀,但是会失忆,你怎么选?"

梅雨心尖一颤,她体会过一次失忆,深知失去记忆仿佛换了灵魂。"忘掉过往，即使学会飞翔，也飞不到曾经盼望的远方。"

"但是你怎么知道，现在的远方不会更美呢？"

想起奶奶或许已经明白了陈艾玲是被她嫁祸的，梅雨道："我没有资格忘记。"

奶奶叹了口气，说："年轻时我曾经爱过一个男孩，但命运使我们渐行渐远。分别后的某天，男孩突然让人告诉正蒙眼跟人嬉戏的我，他捧着一束玫瑰在桥对面等待。我欣喜若狂地睁开眼，却发现自己躺在床上。而那座桥，就是现实与梦的距离。"

梅雨不知道奶奶为什么讲这个故事，只听对方继续道："自从你到来，我经常能在镇子上看见一个男生，他不像这里的人。偶然见到他跟在你身后，好像在躲你又似乎在保护你，有时会轻轻地笑。我太明白他的目光了。本想假装没看见，直至前天，不小心看到了你的手机壁纸。"

梅雨睁大眼睛，不敢相信地捂住嘴，泪水夺眶而出。

"傻孩子，我活到这个岁数，见过太多人将就一生。因为感动与渴望被爱，在'你爱的人'与'爱你的人'里选择了后者。而如今，你既可两全，又何必犹豫？"

"我真的没有资格啊奶奶。"

"天呐小雨,快擦擦眼泪,我刚才说了什么,你怎么哭了?"

梅雨愣愣地看着她,"奶奶,您不记得了吗?"忽然觉得有些不对劲,这已经超过正常老人的遗忘速度了。

转天,她带奶奶去医院做了全身检查,竟然查出了老年痴呆症。看着报告单上的黑字,梅雨蹲在墙角,眼眶有些发红。奶奶却很乐观,笑着说:"终于不用再在飞翔与失忆间纠结了。"

梅雨按医嘱细心照料着奶奶,但病情依旧在缓慢加重。几年时间过去,奶奶记得最牢的东西是"满天星"。

得病后,奶奶不会再像之前那样跟梅雨探讨哲学与爱,而是逐渐变成现在这般,每晚坐在院子里的藤椅上数星星。

"二十三,二十四……"嘴巴僵硬地一动一动,念念有词。

玲玲最喜欢的花是满天星,小时候总嘟囔着死后要跟满天星葬在一起,惹得奶奶一阵头疼,让她少说不吉利的话。没想到,这段经历成了奶奶此刻仅剩的回忆,只觉得玲玲死后一定是去找满天星了,便数起了星星。

这样的生活没能持续多久,病情再次变化了。

一天晚上,梅雨如常熬了汤药,来到床边,"奶奶,该喝药了。"

怎料对方一把拉住她的手,声音颤抖:"玲玲,是你吗?"奶奶已病入晚期，彻底分不清人了。她使劲地攥着梅雨的手腕以至于掐出红印，生怕一放开就再也找不到了。

梅雨闭上眼睛挣扎了一会儿，最终还是在复杂的情绪下认真地说："是的，奶奶，我回来了。"努力地像陈艾玲那样温柔地笑，却难以抑制地饱含泪水。

而后，奶奶竟有了短暂的好转。她不再整天躺在床上，甚至能进行简单的交流了。吃饭的时候，她喜欢给梅雨不断地夹肉，"吃。吃。"

"我不饿，您多吃点。"

"哦。"奶奶遭到拒绝后，表情委屈得像个孩子。

梅雨不忍，只得夹起一块肉说："您看，我吃了好多。"

"好。"

过了一会儿。

"要不再吃一个鸡腿？"奶奶边说边观察着对面人的表情，小心翼翼得让人心疼。

她简直是把心掏出来爱孙女，却不知真正的孙女已经化作天风去往另一个世界。

奶奶的记忆永远停在了二十年前。在她的印象中，孙女刚上小学，正是长身体的时候。于是不停地给梅雨夹肉，还一脸理所当然，"你可是奶奶的亲骨肉，奶奶不疼你疼谁？"

梅雨的心酸涩得生疼。她也曾想过告诉奶奶自己不是玲玲,但每当看到奶奶那有点傻乎乎又充满期待的笑容,到了嘴边的话就会烟消云散。谁能忍心打破这样美好的笑呢?

　　生活像梦一样流淌,直到某个失眠的夜晚。

　　梅雨走出房间,到客厅取水服安眠药,就在她往手心刚倒了一片时,抬起头却刚好对上了一双布满血丝的眼睛——奶奶突然出现在旁边,飞快地将药瓶掀翻了,声音带着哭意:

　　"玲玲,不要再吃它了,都死过一次了,好不容易才回来。前些天听说你去世后,刘梨她哥又鼓动一帮人过来骂你畏罪自杀,我只好骗他们说你是因为心脏病才出事的……

　　"奶奶知道你也很想快乐,只是无法控制流泪,但距离陆皖南去世已经过去这么多年了,放下吧,别再责备自己了。"

　　奶奶竟然在刺激下有了短暂的清醒,从她稍显混乱的记忆轴中,梅雨惊觉陈艾玲或许是吃安眠药自尽的。安抚奶奶回房休息后,心绪依旧难宁。

　　忽然想起了李有成拍的那张黑白花照片,当时不明白他为什么觉得那像陈艾玲,时至今日才猛然醒悟。在这个女孩光明的外表下,埋藏着片片疮痍。她的心犹如一座孤岛,而四面都是洪水猛兽般的悲伤。

　　转天,梅雨给李有成打了个电话,问他是不是早就知道这件事。

"嗯,小玲日常乐观开朗,但有一次,我撞见她独自一人,泪流满面。问原因,只含糊地得知跟她在竹木镇时经历的事有关。

"小玲有严重的抑郁症,而这件事,她甚至没有告诉刘清烟。若非那次被撞个正着,应该也不会告诉我。

"她从来不把难过当众写在脸上,也不曾用壁纸刀划手臂,而是将痛苦埋到内心最深处。小玲时常因为心脏病请假,但只有我知道,那是她抑郁症严重到无法维持体面笑容的日子。比起心脏病,更多的是心病。"

梅雨深知陈艾玲无论如何难过,都不可能一死了之,让奶奶独自面对人世的风波。所以,究竟是怎样深刻的悲伤,才能将这样一个女孩摧毁?

另一方面,梅雨又觉得这份抑郁理所当然。残酷的人世,哪有毫无破绽的灵魂?越美的明珠,越吸引尘埃。在想到是自己害对方自杀后,眼泪重重地落了下来。

时间不会怜惜人类的忧伤,但有时也会带来欣喜。好几年过去,奶奶的病情居然渐渐稳定,还有了康复的迹象,好似下定决心要创造一个医学奇迹。愚公也很神奇,它快迎来二十一岁生日了。

元宵节那天,镇子里的人们纷纷前去观赏花灯。梅雨两耳不闻窗外事,一心照顾奶奶。她从冰箱拿出几袋汤圆,煮着奶奶最喜欢的巧克力馅,同时思索起两天后愚公的生日。初步计划定个狗狗形状的蛋糕,再举办一场小派对。

几分钟后,她将煮好的巧克力汤圆捞到碗里端了出来。客厅中,奶奶坐在沙发上睡着了,而愚公趴在她的腿上。

多么温馨的场景。梅雨想让奶奶趁不失眠时多睡会儿,于是将汤圆碗小声放到桌上,安然等待对方醒来。等着等着,她也困倦得陷入梦乡。

梦里,小镇竟开满了花,几许落红被风拂入天空。飞旋之间,奶奶缓缓走来。

"您终于康复了。"梅雨喜极而泣。

"这段时间辛苦你了,可怜的童童。"奶奶拂去女孩脸上的泪水,

"您知道的,我其实一点也不可怜。"

"都过去了。我早就原谅你了,她也是。"

梦醒得很快。梅雨擦擦眼泪,发现桌上的汤圆被吃完了。下意识地看了眼对面的沙发,只见老人的嘴角沾着淡淡的巧克力。"奶奶快醒醒,怎么睡着觉还能吃东西呀,哈哈。"

久久没得到回应,情况有些不对。梅雨坐到她身旁,确认

了一件事，随即眼泪汹涌。停止的心跳，消失的呼吸，岁月匆匆又冷面无情，眨眼人已归西。

愚公始终伏在奶奶脚下，本以为它在睡觉，没想到是在哭泣。梅雨上前抚摸，却见它哀号一声，冲出了家门。女孩哀叹着转身，才发现桌上莫名多出了一束花，是衫叶包裹的满天星。

就这样，一场睡梦带走了奶奶的浮生。没有太多的沉重与惊扰，只觉生命至此已可满足，便轻轻地走了，前往另一处草长莺飞。

很多天过去，街坊们还在议论一件事，说的是陈奶奶去世之日，有个女孩在院子里哭得很厉害，单薄的身影特别像她的孙女陈艾玲。陈奶奶死得很安详，她是被孙女接走的。

至于愚公，自从那天跑出陈家，就再也没有回来。一个卷发女街坊说当天晚上，她路过苹果街时看到一只金毛被车撞飞了。

40

这世间的雪啊,除了凉薄还有牺牲,在污垢中化作雨水,滋润大千世界的每个角落。

一个月后的一天,大雪纷飞。

撑着伞走在街头,数日前她曾试图给他写封信。恍恍惚惚写了许多遍,最终也没能寄出去。千言万语落到笔尖,只剩一句"感谢风雨给了我撑伞的勇气。"

看着街边几个小女孩把玻璃瓶里的纸星星倒了出来,拿着瓶子开始捉雪,她想起自己日记也记载过捉雪的故事,只可惜好景不长。离开竹木镇后,世界便深深刻上了冻疮与裂痕。

三十岁了,早已不是曾经那个懵懂的姑娘。自从知道真相那晚剪掉长发后,她就一直留着清爽的短发,仿佛如此便能告别过去的自己。

停止胡思乱想,走进一处高楼,坐着电梯慢慢来到了顶层。手刚推开天台的门,呼啸的风就席卷而来,夹杂着白雪吹掉了一边的耳环。她没有去捡,而是径直走向前方。

"还好吗?"她唤道。

"还好。"他转过身看着她。

一切似乎都还是记忆里的样子。她一度有些想哭。这些年尽可能心如止水，而此时，无论怎么装着淡然，都掩盖不住这一颗喜而哀伤的心。

"生日快乐。"

"我不过生日了。"她倚靠在天台上，"如果有生日，也是失去记忆那天。"

"陈奶奶过世了。接下来有什么打算？"

"没想好。"她沉默了一会儿，一朵雪花落在唇上，带来丝丝凉意，"如果蚕蛹曾经犯下过错，羽化的蝴蝶该如何救赎？"

"与自己和解吧，以合适的方式。"他转过身，"方获新注册了一个号，她也算是活过来了。"

"嗯，"她低下头，近乎苦笑。

"时间过得真快啊。"望着天空，他的目光依旧清澈，只是声音变得低沉。

"是，我们都不小心变成了大人。"

"你有喜欢的人吗？"

感受到他的眼神，她张了张嘴，一时不知如何答复。就算今天是初次相遇，她对他依旧会一见倾心。但很快她又把自己推倒了。还有资格说喜欢吗？如果当初直面过失，跟警察解释清楚刘梨的死更是一场意外，就不会酿成之后的悲剧。

而陈艾玲本来也可以有喜欢的人,也会结婚生子,过着幸福的生活吧……

"你呢?"一阵沉默后,她反问。

"我有。很多年了,一直没有变过。"

二人对视着,他们都能清楚地察觉到对方眼中炽热的爱意。

但是有人退缩了。

"我去趟洗手间。"她尴尬地扬起一个微笑。莫名奔涌的伤感与混乱,让她头也不敢回便匆匆下了楼。

大街上,行人用伞遮住脸颊。她走得很慢,慢得能看清每一片雪花。一路上,仿佛有几个灵魂在继续争吵。

一个声音说:该做个决定了,去一趟警局。另一个声音很快浮现出来,既然过去已无法挽回,何必自寻烦恼?但很快她又否定了自己。失去记忆等于拥有记忆者的死亡,但犯错的还是同一个躯壳。只有灵魂没有身体,不能称之为人。哪怕性格全然不同。

可是她已经有了一份无法剥离的情感。何其有幸,遇到今生所爱。为什么要为了修补一颗破碎的心而宁可将另一颗心彻底打碎?

一路想着,不觉走到了附近的一家果汁店。

"阿姨,来杯柠檬。"

"七块。你们这些小姑娘怎么都爱喝柠檬汁啊,明明很酸。"

"就因为是酸的,才喜欢啊。"她笑了笑,不禁鼻子一酸,想起了刘清烟说过的话——人们都喜欢草莓这种甜甜的水果,我却偏爱柠檬。

想起童童曾经在日记里写下愿望,希望一生能像风雪一样自由。然而,仿佛受到了命运的诅咒。直到现在,她所犯下的过错并没有因为陈奶奶的离去而消失。相反,她越发意识到自己像一只无法自由选择的蝴蝶,重新回到了蚕蛹之中。当失落的记忆开始复苏,她似乎走上了与化蝶完全相反的道路,而是不断堕入由蝶化蛹的深渊。

"姑娘,你的柠檬汁好了。"果汁店阿姨转过身来,手中拿着刚做好的果汁,"怎么哭了?"

"没事,谢谢您。"她接过柠檬汁,随手擦干眼泪,望向了不远处的天台。"我只是你生命里的一片雪,飞过了也就过去了。"

41

月白风清,坟墓前站着一个男孩。他将几块小布丁放到前方,轻声说:"你最爱吃的草莓味。"随即放置了一双比去年大了些的舞鞋,"十二岁了啊,芮芮。"

"哥哥路上小心哦!"想起妹妹常说的这句话,澈澈还是很难过。原来思念这么深,早在心底扎了根。

过了许久才离开墓地,在大街上思绪凌乱地走着,循着几声冲天的焰火来到了一个广场。那里有许多漂亮的串灯和手捧假花的人,一场露天演出正在进行。

这是一次小孩的才艺大赛,前几名可以获得高额奖金。一场场节目好似飓风般吹进了澈澈的心,所有情感都被席卷着甩入冰河,凉凉的却那么清醒。

此时,又有一些女孩站到舞台中央跳了起来,沉醉而热爱……如果芮芮还健康地活着,一定能和她们跳得同样快乐吧?眼前挂满了七彩的小灯笼,没有一个孩子追跑打闹,恬静的氛围中有种虚幻的寂寥。

紧接着是一位女孩演唱《感恩的心》。清亮的歌声赢得了全场热烈的掌声。不过她并没有在唱完后走下台,而是向主持人老师提出一个请求：

"我可以加唱一首自己编的《小麻雀》吗？"

"当然可以，"主持人在片刻愣神后迅速答应了，同时没忘加上一句"大家鼓掌"。

重新走回舞台中央，女孩清了下嗓子，轻轻地唱了起来：

春天里的小麻雀

刚刚啄破壳

还没有长齐羽毛

就被命运之手捏碎在鸟窠

多少只小鸟在盼望

和亲人一起飞过大海与山坡

多少只小鸟已经明白了死

却还没懂什么是活

仅仅是清唱就足够震撼。童真歌声中挟着深深的悲伤，没有歇斯底里，却压抑得人喘不过气。与此同时，主持人的脸沉了下来，不安地瞟向主席台。

潋潋没有听清演唱者的名字。他远远地望着她，只觉得这个女孩也像是一只濒死的小麻雀。苍白得没有血色的皮肤,以及面无表情流下的泪水。

　　小麻雀离开了舞台,向旁边的楼走去。澈澈悄悄地跟在女孩身后,这是他第一次那么想去了解一个人。突然发现她的手里攥着一罐小布丁,还是草莓口味。

　　"芮芮?"尽管知道不可能,但真的好像啊,"多少只小鸟已经明白了死,却还没懂什么是活。"他重复着那句歌词,又一次想起了妹妹。

　　就在澈澈考虑要不要离开时,一位衣着邋遢的女人不期而至,拍了下小麻雀的头。

　　"我一会儿得给小阳节目拍照,你在这好好待着,要是回来找不到你了你就等着被收拾吧!"还没等小麻雀叫一声"舅妈",女人便又离开了。

　　女孩揉了揉头,边踢着地上的石子边往前走,澈澈也着了魔似的一路跟着她。二人就这样来到了不远处的海边。她走上沙滩,而后进了一个小木屋,许久才回到广场。

　　月光之下,女孩单薄的身影化作游离的丝线,蓦然钻进内心。多年后他不再记得小麻雀的容貌,却始终无法忘记这天被月光拉得很长的影子,是那么孤寂。

　　澈澈在女孩走后偷偷来到了木屋旁,发现上面挂了一个小牌,写着"天堂邮局"。推门而入,桌上摆了不少被石头压住的小纸条,其中一张是"爸爸妈妈在天堂还好吗? 童童想你们了。"

几天后,小麻雀再次来到小木屋,惊奇地发现桌上多了一封匿名信。写信者自称和她有着相似的不幸,妹妹早早离去,所以也想借这个"天堂邮局"捎几句话。此外,澈澈为自己的冒失极其诚恳地乞求女孩的原谅,如果她不介意,他会给她写一辈子的信。

那天,听她在歌声中诉说宿命无情,澈澈便给自己起名Mr. Blue,象征这个女孩终将迎来世间最美的蓝,海阔天空。

女孩笑着看信,少年在远处偷偷看她。

如果时光能永远停留在这一刻,该有多好。

42

奶奶去世后,梅雨如坠冰窟。除了赎罪,她似乎已经找不到活着的意义。闭上眼睛,脑海中便会浮现陈艾玲的泪容,睁开眼是顾澈发来的无数条消息。走到窗边望着大雨倾盆,心却好似冻住了。

最终还是无法装作什么都没发生,她决定去一趟警局。而就在出门的刹那,梅雨突然想起还没看奶奶之前让她去皮箱里取的信。

思索片刻,重新回屋将信拿了出来。她很紧张,害怕又期许里面藏着奶奶熟悉的笑意。但事实上,信件完全出乎了她的意料,它并非奶奶写的,而是来自早已去世的陈艾玲。不知不觉间,窗外传来了大提琴曲《殇》。

童童:

这封信断断续续写了好几天,甚至不知能否写完。前些天刘梨她哥带着一群人来砸东西,连奶奶都在推搡间摔倒了。四五天没睡着觉了,难以抑制地流泪。曾经沉醉的月光,再也不能照入深心。悲哀至极的麻木令人畏惧，所有的爱都无法蒸发我内心汹涌二十年的悲伤。

从那声枪响开始，我们便都短暂地死了。可无论你有多恨我，玲玲仍是最了解童童的人。雨夜埋藏的真相，早已浮成了水面的萍。我很难过却永远不会恨你，谁让你是我的童童呢。无法面对的遗恨，就让它悄悄地流失吧。

我的人生已经被无尽的自责与抑郁摧毁，越是劝说世界光辉灿烂，影子便越扎根黑暗。任何道理都冲不散绝望的惯性，恰如此刻，明明是开心的，却只能任凭泪水将信纸洇湿。而你，还有能力爱着明月，即使明月照沟渠。

好好过你想要的生活吧，这是我身为受害者提出的请求。竹木镇的人都知道，你曾经是个多么天真烂漫的孩子啊。

往事如烟，根本捋不清恩怨。我不想再计较过去的是是非非，也希望你可以真正放下。我们经历的大喜大悲，不过是时光洪流的一缕飞絮。

童童，你的生命刻着我的痕迹，你的人生将承载我的人生。我相信广阔的宇宙中，万物本浑然一体。你就是我，我就是你，每个人都是所有人。我们生死于尘世，也往复于众生。

你伤害了我就是伤害了自己,你救赎了自己便也救赎了我。我相信你终是会破茧重生的,如此我便感激你了。

玲玲

7 月 24 日

"今天是第七天,陈艾玲。很快你就会步入冥界,连残念都灰飞烟灭。最后的心愿,想好了吗?"

"落羽杉,我们又见面了。当告别真正来临,我的内心是多么哀伤。如果有来生,希望上苍给我一个好身体,能够经得起人世的风浪。小舢板游大海,太辛苦了。"

"在人类的巨斧落下之前,是你的许愿让我有了重生的可能。此刻,我是来报恩的。虽然我无法将你起死回生,在人间重新活过,但可以实现一个与你尘世恩怨相关的愿望。上回你坐在我的树根上哭诉,心结难了,既然是梅雨姑娘间接害死了你,我将罪责甚至死亡加之于她,你同意吗?"

"不。我不同意。"

"要我如何做?"

"你只需抹去她的记忆。"

"永远吗?"

"不必。"

"让她受苦或者偿命不是更好吗?"

"如果一定需要死亡,我也希望死去的是过去的梅雨。当她忘掉一时的过往而重生，那个伤害我的梅雨便不复存在了。愿她可以回到最纯粹的时候，带着我的那份一起活下去……"

"你们到底是什么关系？"

"我是她的苍茫过去，她是我的一念将来。"

"陈艾玲，等你步入死后的世界，也将失去尘世的所有记忆，开始下一场轮回。我答应你抹去梅雨的记忆。倘若你后悔，还有一次机会修改愿望。"

"再见了，落羽杉，我不后悔。我亦在无意中铸成大错，却对后果无能为力。但愿梅雨不必经历死亡，便能在尘世拥有一次新生与轮回。在没有记忆的荒野上播种春天，这是我承诺过她的万紫千红。"

初稿于 2016.11.13

终稿于 2020.7.15

后记

与梅雨的第一次相遇,是在十三岁的雨季。那个夜晚,她毫无征兆地出现在我身边,迎着月光聊了整宿。她说自己常做有趣的梦,今日与我相识应也是其中之一。

那时的梅雨仍在苦苦查案,并很担心重复失忆。我想将她的故事记录下来,如此纵使再次忘记,也能留下过往的痕迹。于是,从十三岁到十七岁,用四年青春写下了梅雨的故事。

"小词,我们还会再见面吗?"

我不知道,只是给了她一个拥抱。小说结束了,我们却仍在各自的世界里漂泊。每当下雨,我都会想起梅雨走进桃源寺的情景,想起顾澈,想起美好又哀伤的陈艾玲。

任何角色都难免有现实的影子,由此创造了小说中的人物,但命运是他们自己书写的。从小认为创造是件伟大的事情，我应给予笔下的人物以足够的尊重，不要以上帝的名义随意支配角色。你可以埋下一粒春天的种子，却不能代替种子成为春天。

因为对文字怀有一种特殊的敬意，即使生活中搞笑开朗，笔下却总是难免有点沉重。但我喜欢这样的重量，并希望自己的文字有一份清澈与庄严。

能怀着这份乐观天真走到今天，除了自身的坚持，也因为被家人保护得很好。

在母亲眼中，我儿时所有幼稚创造皆为天赋。她用无尽的爱与包容，染成了我生命温暖的底色。

父亲带我去故乡与远方，是我灵魂的引路人，一生的良师益友。他教我以简单的方式接近事物的本质，"写作与摄影一样，是做减法的艺术。当形容词过于华丽时，它们的意义相互消减"。父亲对"人的境遇"持之以恒的思考与同情，时刻引领我。

一腔孤勇，难以独闯这兵荒马乱的岁月。感谢十七年来有幸见证的所有关爱。感谢笛安老师和陈卓老师的鼓励。感谢时常陪我写小说的小猫咪。无边宇宙，任何善缘都是奇迹。

在最美的年纪留下一个并不完美的故事。《原来的你》中对世间荒谬与星辰的见证，刻成了我十七岁的墓志铭，而墓碑旁漫山遍野的花开，即留给未来的成人礼。

"还会再见的。"仿佛闻见一抹轻浅的笑意。

我惊喜地寻向声音的来处，却只能看到一片悠悠白云。

也许，那就是原来的世界。

也许，刚好下着雨。

熊小词

2021.1.25

图书在版编目(CIP)数据

原来的你 / 熊小词著. — 南京：南京大学出版社，
2021.5
ISBN 978 - 7 - 305 - 24258 - 8

Ⅰ. ①原… Ⅱ. ①熊… Ⅲ. ①长篇小说－中国－当代
Ⅳ. ①I247.5

中国版本图书馆 CIP 数据核字(2021)第 036746 号

出版发行　南京大学出版社
社　　址　南京市汉口路 22 号　邮　编　210093
出 版 人　金鑫荣

书　　名　原来的你
著　　者　熊小词
责任编辑　陈　卓
书籍设计　周伟伟
印　　刷　南京爱德印刷有限公司
开　　本　787×1092　1/32　印张 8.875　字数 148 千
版　　次　2021 年 5 月第 1 版　2021 年 5 月第 1 次印刷
ISBN 978 - 7 - 305 - 24258 - 8
定　　价　49.00 元

电子邮箱　Press@NjupCo.com
网　　址　http://www.njupco.com
官方微博　http://weibo.com/njupco
官方微信　njupress
销售热线　025 - 83594756